晓华 著

分割的空间

中国书籍出版社

图书在版编目（CIP）数据

分割的空间 / 晓华著 . — 北京：中国书籍出版社，2018.8（2023．7 重印）
ISBN 978-7-5068-6958-4

Ⅰ . ①分… Ⅱ . ①晓… Ⅲ . ①散文集—中国—当代
Ⅳ . ① I267

中国版本图书馆 CIP 数据核字 (2018) 第 167797 号

分割的空间

晓　华　著

图书策划	牛　超　崔付建
责任编辑	成晓春
责任印制	孙马飞　马　芝
出版发行	中国书籍出版社
地　　址	北京市丰台区三路居路 97 号（邮编：100073）
电　　话	（010）52257143（总编室）（010）52257140（发行部）
电子邮箱	eo@chinabp.com.cn
经　　销	全国新华书店
印　　刷	三河市华东印刷有限公司
开　　本	650 毫米 ×940 毫米　1/16
字　　数	235 千字
印　　张	14
版　　次	2018 年 8 月第 1 版　2023 年 7 月第 2 次印刷
书　　号	ISBN 978-7-5068-6958-4
定　　价	68.00 元

版权所有　翻印必究

目录

读来读去

书眉杂抄之一 / 002
书眉杂抄之二 / 015
书眉杂抄之三 / 025
书眉杂抄之四 / 033
读解"书屋" / 043
琴心漫说 / 050
画楼棋罢一窗山 / 057
思想的自由 / 063
美术馆里的列维坦 / 066
想象的代价 / 069
分割的空间 / 073
十年磨一书 / 077

我们这一代人的特殊密码　／　080
一个人的淮安或故乡　／　084
植物、水与生命的轮回　／　087

近远人生

永远的外婆　／　094
影集里的人生　／　109
今生今世的证据　／　117
人过百年　／　120
姨妈来信　／　122
人生如画　／　124
缘　分　／　126
行行重行行　／　130
涂画天地　／　134
女儿集邮　／　136
在母语的世界里　／　138

山高水长

一个站立在悬崖边的族群 / 142
遇见垦丁 / 147
二进师俭堂 / 151
诗游震泽 / 155
与一棵树相遇 / 158
山不在高有仙则名 / 161
鹤鸣于九皋 / 164
地名的传奇 / 168

杂色生香

听来的故事 / 172
学车记 / 175
不可居无兰 / 180
来福的守望 / 182
若　兰 / 185

多年师生成闺蜜 / 188
我们的医生朋友 / 191
灿若夏花 / 193
做了一回媒 / 195
离家十日 / 198
花　意 / 200
看相片 / 202
老师是一本书 / 205
躲避灾难 / 208
无知的快乐 / 211
茶　经 / 214
怀　旧 / 216

读来读去

紫金文库

书眉杂抄之一

《我的精神家园》

从写作的趣向看，我们大都是针对当代小说发言的，1996年，有年轻的朋友向我们推荐了一部令我们感到陌生的作者的作品：《黄金时代》，王小波。看到后震动很大，我们都不约而同地说，这是一种新的写作现象，空间是什么，一时还无法把握，我想这是很自然的，我不知道有没有全知全能的批评家，能够应付所有的新、旧文学现象？若有，该是十全大补膏和大力丸之类的了，我们意思是等一等再说，想好了再说，王小波的名字就这样列入我们未来的写作档案之中。

也就大概与此同时，一些于今想来让我们感到诧异的话题出现在我们的谈话与文字中，那就是有关生命、有关死亡之类的，这也

分割的空间

许与刚发生的一些事有关,在那些日子里,视线去世了,享年一百岁,一百岁——这并不是任何一个人都能自信地度过的看见,但若反过来想,一百年之后仍然是生命的终极,我们由此生出许多的悲悯,这些悲悯在《散文人过百年》中已表达得很清楚了。也就在这同一时段,一些学者,一些艺术家,一些作家,出人意料地离开了人世,一股阴冷之气直逼人的心肺,生命是如此的脆弱,生命并不如春草,生命更不及树木,生命如轻烟,无风也散,生命如薄纸,不吹也破。

我们也在王小波的作品中读出了许多有关死亡和有关生命的文字,他是一个乐观的人,这样的羊汤我们知道并不适合于王小波,当我们将手边能找寻到的有关王小波的文字读过一遍时,我们深深感到与这个永远无法谋面的写作者在精神世界上的差距。在一个烈日当空的中午,我们在小城的网状小巷里漫无目的地游走,谈论着他和他的文字。王小波的出现不只是一个写作者的出现,而应理解为一种健康的表征,记得当时我们使用的是自由知识分子的概念,其实,什么是自由知识分子,我们尚没有明晰而理论的表述,有人是否认为自由知识分子即是体制文化的对立面?如果以此来论定王小波,那就错了,自由在此当是对一切成规的解构、批判与意见,比如,当自由成了人人挂在嘴上,写在笔下,甚至自由如空气般充满时,王小波会不会转而批判自由呢?王小波的自由体现为一种边缘,一种漂移,一种游走。当时,我们还注意到了王小波的有限的人生经历的一些信息,注意到他知识人格的构成,从科学转向人文写作者与单纯出生于人文教育的有什么不同?我们以为是理性,所以王小波很少感慨,很少抒情,他能在什么"热"的时候都保持一种冷静,在众口一词的时候发出别样的声音。但如果你仔细倾听下去，王小波其实是极为平实而真切的，他善于解构符号世界的人工喧嚣，我们曾这样用比拟的方式说，现在的文化尤其是一个自由市场，吆喝什么的都有，而王小波总能避过一个个抢购者的摊位找到货真价实的物品，然后微笑、自信而又真诚地对人们讲，其实，这个世界并不需要许多的时髦的东西，我们的生活本来可以很简单，但我们常常忽略了什么是我们生活的真正的必需品而去追求华而不实害人害己的东西。

这些必需品是什么，是善，是理性，是人性的自然发展，王小波写过许多的东西，王小波的表述有时显得扑朔迷离，但若细加分辨，其实就是这几样。

我们显然没有王小波那般的逍遥、豁达，更没有王小波采取那种生活和写作方式的勇气。因为我们承认我们有许多世俗的欲望，而我们文字印象中的王小波似乎只有一种欲望与乐趣，那就是智慧。我们喜欢而且向往的他的一篇随笔的题目《思维的乐趣》，在这篇随笔里，王小波描述了没有思维的生活是怎样的一种惨绝人寰，而一旦拥有思维的权利与思维的材料又是如何的快活如神仙。王小波本来是学理的，他曾陈述了自己是如何"弃理从文"的，那就是无法抗拒自由思想与表达的强烈诱惑。

我们当然要重复一句事实，那就是王小波死了，他再也无法享受思维的乐趣了。王小波死了，死了之后的王小波成了人们的热门话题。前天，我们看到有人奇怪地问，王小波没死的时候，不见有人去评说他，而今王小波死了，倒成了热门，而这些热门又有多少是真正谈论着王小波的呢？谈到这样的话，我们感到惭愧，不过，我们没有加入到谈论王小波的行列中去，人们没有评说他，或许都有类似于我们的感觉吧，因为人们还没有找到进入王小波精神世界的通道，人们没有评说并不等于人们永远不会评说，对王小波评说的空白只能是，王小波死得太早。

不过，说王小波的精神世界难以进入又似乎不完全对，这几天，我们寻来王小波的杂文集《我的精神家园》，九岁的女儿也挤来看，而且时常拊掌大笑，这真令人惊诧不已，回想王小波的小说，其实也有一种童话的意味。

王小波死了，这几年，死的作家也太多，王小波的独特在于，他的死让人伤感，但他给人们留下的文字却永远是快乐的。

这确实是有点奇怪，在中国，好像不多。

《阴翳礼赞》

在东方文学里，我较为偏爱日本文学，谷崎润一郎在日本文学里并不算太出色吧？可是他有一些很特殊的想法，前些时读过他的小说《春琴抄》，译本不是太好，但还是被他所设置的故事迷住了，以为他是一个喜欢黑暗的人，是一个对病态之美欣赏得有些过分的人。

于是就再读这本据说颇获盛誉的《阴翳礼赞》，拿到手才知道原是薄薄的一本，内中也只收文六篇，而且有些篇目早已在其他选本里读过。谷崎好像非常热衷于谈论厕所，野外的，居室的，这个话题周作人早先似乎也说起过。日本人的厕所到底怎样，一直未有机缘目睹，只是有一回看《正大综艺》，是一次关于日本生活方面的专题，其中先播放了一段录像，为居室的一间，很整齐，没有太多的摆设，在一侧墙角，有许多的碎石、绿叶，如大盆景一般，主持人让嘉宾猜作何用，我猜不出，脑子里只在客厅、书房之类打转，谜底揭开，方知是厕所，只能愕然了。

其实，在日本，这只不过是正常的传统，对这些传统，如谷崎般的文人最是执着与眷恋，谷崎的时代，正是西洋文化冲击日本的时候，他很有排斥的意思，他有许多让人不免失笑的念头，他知道社会总是要进步的，科学也总是要来的，但他又实在不愿因之而失去"日本"，便天真地希望"假设我们有独自的物理学和化学"。这会有吗？倘若谷崎只是停留在这一层，只是一味地去缅怀那种阴暗的过时的东西，那他就不是谷崎了，也不会有什么让人深思的东西了，谷崎的魅力在于他仔细地描绘了消逝和正在消逝的世界，并在这描绘中揭示出它们与东方人的审美关系，让人不断有会心之感。我们曾经生活在不洁和昏暗之中，反过来说，这不洁与昏暗便是我们的生活，我们的根，这样，好像应该否定的东西不就有了值得肯定的地方吗？而随着生活的变迁，这些事物因其厚重而让人难以释怀，审美也就在其中诞生了。这是一个回还往复的过程，谷崎说："美往往是从生活的实际中发展起来的。我们的祖先开头是不得已住在昏暗的房子里，但不知不觉地在阴暗之中发现了美，不久便进而为了美的目的而利用阴暗了。"谷崎将西洋与东方作了对比，西洋讲究明亮、清晰，东方讲求阴暗、模糊；西洋讲理性、认知，东方重感性、感情、想象；西洋崇尚未来、变化，东方讲过去，重守成；西洋人好动，东方人尚静……这样的对比是不是有道理姑且不论，谷崎从生活，尤其是我们的日用与居住中轻易地找到了许多的佐证，他把中国也拉了进去，说中国人用的纸、锡、陶、玉比西洋的纸、钢、玻璃就是好，以纸为例："当我们看到中国纸或日本纸的纹理，就会感到温暖，心情会变得平静"，西洋纸表面滑溜反光，就不会有这样的效果。以玉为例："中国人还喜欢名叫玉的石

分割的空间

头,这些玉有一种奇妙的淡淡的混浊色调,凝聚着好几百年的古老气氛,在它的深处蕴藉着模糊而迟钝的光芒。"我以为谷崎下面的一段议论尤堪玩味:

> 我们喜爱深沉暗淡的东西,而不是浅薄鲜明的东西。不论是天然玉石还是人造器皿,它们都应带有混沌的光泽,一定要使人联想到历史的情趣。我们经常听到"历史情趣"这种说法,其实它指的是手垢的光泽。在中国有"手泽"的说法,在日本有"惯熟"的说法,它们的意思大概是说经过长年累月人手的触摸,在同一个地方反复抚摩,油垢汗脂便自然而然地渗透进去,终于形成的一种光泽。换言之,它就是手垢。这么看来,"风雅就是寒冷",同时"风雅就是污浊",这样的警句也就可以成立了。

这样的生活现象和感觉我们不也常常碰到吗?只不过好像不便道来罢了,经谷崎这么大胆地讲出来,实在有一种没有道理的道理。

谷崎的时代已经过去了吧?现在还有多少人如谷崎一样懂得"阴暗的魔法"呢?像谷崎一样守旧的人确乎很少了,但若从人文的角度讲,又确实有许多让人忧虑、空虚、了无根底的感觉。老房子正在拆除,旧家具也进了炉堂,人们整日里在繁华的大街和喧闹的写字楼穿梭飘浮,忙得只得进快餐店,电器、钢筋混凝土和金属人工制品充斥了我们的世界,历史早已进了博物馆,我们的生活因透明和简单而平面化了。日本美学家今道友信倒曾宽慰地说过日本人的文化,说传统还在,说日本人的生活分为"白天"和"夜晚",

白天即西方、科学、功利，夜晚即东方、传统、审美，倘真如此，实在是让人羡慕的。

——今道友信是不是无意中用了"夜晚"这个隐喻的？它其实与谷崎的"阴翳"是很近似的。

《蒙元入侵前夜的中国日常生活》

随着近代工业革命的突飞猛进，我们的科学体系也在发生巨大的变化，分工越来越细，对分析、抽象也越来越重视，这一点，人文学科也不例外，其实，有许多学科之间的区别实在模糊得很，比如社会学、历史学、地理学等等，现代学科似乎也已看到了过分划分人为地造成学科间的壁垒森严的弊端，从而产生了许多跨学科的杂交性、边缘性学科，如文化人文类学，历史地理学等等，不过，这样的融合与合并又并没有取消其原先的学科，于是，祖宗未死，儿孙渐多，学科家族，人丁兴旺，有时弄得人连辈分都搞不太清楚。

我不知人文学科的根本在哪里，我常常有一种相当幼稚的想法，如果以一种朴素的语言去询问一个对那些"人造"学科群体不甚了了的人，他会做怎样的解释呢？我想他会不会给出这样的回答：什么学科也许并不重要，虚构的体系总是"语言"的产物，真实的是人的生活，过去的，现在的，将来的。其实，不用去问别人，这正是我想当然的自问自答，我还经常想，在没有这些学科之前，我们在干什么？我们并没有对我们怎样生活过一无所知，所以，我十分不满意一些学科思想史之类的著作，比如，我读到一本《中国社会思想史》的大部头书，他只对那些"思想家"感兴趣，但却找不到洪迈，找不到沈括，找不到周密、叶梦得、吴自牧、水

分割的空间

潜、张岱、李斗……是的,思想是重要的,我们怎么能不知道思想家们对"社会"的思想呢?然而,我更感兴味的是我列举的这些人物,他们虽没有谈及自己的思想,当然更谈不上什么井然有序的理论体系,但他们留给了我们他们那个时代人们的生活,一个真实的,可以触摸的满是乡音市声、街衢小巷、酒肆戏台、婚嫁丧葬的"社会"图画。每当读到它们,我就有一种惊喜与慨叹,我们的先人曾经这样生活过,而我们竟然不这样生活了。

思想是抽象的产物,因此,我更喜欢描述,思想是闭目之后的遥思冥想,而描述是面对活生生画卷的铁画银钩、重新图画,所以,描述更具魅力和力量,思想总在迁移、更替、相互遮盖与消解(思想的流派有多少呢),而描述则是不易的,多多的描绘只能增添丰富,它们永不会覆盖与侵蚀。

之所以有这样的学理感触,是因为读到了两部作品,一是江苏人民出版社海外中国研究丛书的一种,法国学者谢和耐的《蒙元入侵前夜的中国日常生活》,这个书名太长,其实也就是南宋的日常生活吧?这本书一拿到手,我便立生一种惊羡与嫉妒,多么好的题目,竟然让老外给做了去了。"日常生活",一个多么朴实、世俗而又诗意盎然的字眼,作者剔抉幽微、爬梳整理,力图勾勒一幅南宋都市生活的日常图景,你会从中发现许多有趣的东西,会看到那个时代翩翩少年与窈窕淑女们五彩缤纷的着装,看到杭州市民一日三餐,甚至可以到当时浴室去走一走……当然,我更感兴趣的依然是作者的研究方法,一种重视描述的态度,一种努力再现的企图,我以为,人类学与历史学在一定意义不过是一种文字的回忆。

另一本是年轻的中国地理学家王振忠的《明清徽商与淮扬社会变迁》,我在《读书》杂志上经常读到王振忠的学术随笔,漂亮极了，地理沿革、乡土变迁、社区生活，随着他灵动、潇洒的笔触而诗意盎然地复活起来，安徽民居的格局、福建渔民的生活……一一活现在眼前，而其中所附着的经济因子、伦理意识与政治观念又在不知不觉中给人以警示与启发，这次读到他的专著，自然欢喜不尽，依然是描述的功力，一种微观研究的感性与认真。相较于谢和耐的著作，王著更加体系化一些，但这种体系化并不是人工的产物，而是徽州盐商侵入淮扬的兴（返津十里往盐艘，怪底河中水不流。解道人间估客乐，来朝相别下扬州）、衰（冷雨酸风逼绮窗，一宵裘葛判炎凉。棱棱四月寒如许，不信扬州是热场）同步的，在大量史料的基础上，王振忠给我们"回忆"出了上自宫廷、下至青楼的淮扬生活图画。

　　由这两本书，我再次强调"描述"的力量与魅力，其实，"描述"本就是一种学术工作的手段，只是因为描述必须建立对对象的完整细致的把握上，来不得半点偷懒，因而少有人去作罢了。社会学家费孝通先生就是一个相当重视描述的学者，他的江村系列实在是让人百读不厌，我曾经问过一位年轻的学者，请他用最简洁的语言来评价费孝通，他沉思之后吐出了五个字："认真的叙述。"其实，叙述也就是描述吧，据说当年费孝通从英伦回国时，他的导师马林诺夫斯基对他的叮嘱就是：首先是野外作业，然后是档案馆的挖掘，最后诚实地将它们描述下来。就是为了这个"首先"，费孝通远涉中国南方的蛮荒之地，九死一生，而他新婚不久的妻子，一个同样让人尊敬的年轻的人类学家，就将生命永远留在了南方。可惜这样认真的吃得苦的肯做野外作业的学者实在太少了，而单凭片断资料作大胆设想、发宏文大论的才子又太多了。谢著与王著描述的对象是过往的生活，是回忆（这是稍稍让我遗憾的地方，当然这样的遗憾是没有道理的），我不知道现在有没有学者愿意作或正在作面对我们日常生活的作业与详尽的生动的描述，真希望能读到这样的著作。当然，这绝非因为一个读书人的个人趣味，而且是为了我们文化学、社会学和人类学、经济学的建设。李泽厚教授十年前曾说过一番话，我以为深中肯綮，现抄在下面权作这篇札记的结语："把中国文化的各个方面，从衣食住行到精神意识，分门别类地、一个一个地仔细调查、整理、分析、研究、描述、议论一番，而首先从目前现实存在的日常生活、习惯、风俗、人情作起。……更应该是习见常闻的民间俗，由近及远，由现实到历史，由民间到上层，由'小传统'(the little tradition)到'大传统'(the great tradition)……这样脚踏实地、勤勤恳恳地积累下去，我想对于真正了解自己，亦即了解所谓'中国国情'，从而在比较中去了解世界，应有切实好处。"

《名人》

《名人》是川端的一部相当特别的小说，川端的作品读过不少，想象中川端的生活总脱不了《古都》《雪国》《伊豆的舞女》的影子，原来他还是一个非常喜欢围棋的人。《名人》以前好像看过，印象中并不见佳，起码不像川端自负的那般。今年第四期《围棋天地》的《名局细解》发表了王元八段《本因坊秀哉名人告别赛》一文，才又引起了我重新阅读《名人》的兴趣。把《告别赛》的棋谱与《名人》对读，确实有趣多了，何况《告别赛》是在吴清源大师与当时的对局者之一木谷实九段就那场对局的讨论的基础上意译而成的。

现在对围棋有兴趣的人是不大容易感受到几十年前的围棋了，在秀哉名人时代，围棋只在日本，中国几乎谈不上，而秀哉名人的不幸正是他赶上了这变化的潮头，秀哉以后，便是今日围棋了。名人秀哉本名田村保寿，是日本第二十一世本因坊，也是世袭制本因坊的最后一位。早在一五九零年。当时日本的统治者丰臣秀吉授予棋艺高超的日海和尚"本因坊"称号，从此，开始了"本因坊"的世袭制，"名人"，是棋手的最高称号，可以终身保持，但不能世袭，这都是古制，与日本的社会制度和文化都有关联。这一古制到秀哉名人时代已不得不废，他倒是一位顺潮流而动的人，随着他的引退与去世，世袭制的"本因坊"称号和可以终身保持的"名人"称号均被终止。我学棋时，本因坊是武宫正树，名人是小林光一，其含义与秀哉时代已大不相同了。

　　就是在那难以想象的氛围中，本因坊秀哉名人的"告别赛"于1938年6月26日开始。12月4日结束，他的对手，是经过激烈的比赛选拔出来的木谷实七段，木谷当时的冲击力很大，他好像特别渴望这次比赛，所以在选拔中对老师一点也不礼让，一路过关斩将直杀到名人帐下。这时的秀哉名人已百疾缠身，垂垂老矣，在比赛中屡屡因病痛不能进行下去，一盘棋直下半年之久，结果是秀哉名人落败。

　　秀哉名人是很孤独的，他好像没有必要这么下，但又必须去下，秀哉是为即将结束的时代而战的。

　　作为具有划时代意义的、对局时间跨度这样长的这局棋，是当时日本社会中的一件大事，《东京日日新闻》连载了这局棋的全过程，讲解棋谱的正是当时还是六段的吴清源。而川端康成应邀作了观战记。我没有读到川端的观战记，不知他当时怎么讲的。《名人》

分割的空间

是他在观战记的基础上经过数次短篇写作之后的中篇，笔触关注之点已在名人及对手的心态和性格描绘之中了。本因坊秀哉名人早年似不如《名人》中这么让人钦佩，吴清源在日本打天下时也碰到过他，也下过几盘棋，有一局第三手就下在"天元"上，当时曾引起棋界对吴清源的许多指责和非议，其中一点就是对名人的不敬，在今天看来，这些说法当然是让人奇怪的。当时的比赛制度也极不公平，名人可以随时中止比赛，他可以私下里与门下弟子研究对策，因此，那盘棋也下了相当长的时间。

但秀哉名人与木谷下告别赛时的赛规上已是新制了，用时及封棋都有了规定，这对名人来说，在未下棋之前已是一种挑战。秀哉是聪明的，他似乎更优游于新赛制之外，好像不屑于利用用时与封棋的技巧，这种大将之风显示出他围棋的贵族气派，当然也使这局棋对他来讲更显得是一场荣誉之战，倒是木谷从头至尾充满了战斗的欲望和对新体制的热忱，当然，在风度上，木谷也就逊于秀哉名人了。将《名人》细读过去，会无端地把川端看成巴尔扎克，把名人读成巴尔扎克笔下的贵族，而木谷则类于新兴的资产阶级共和党人，川端的同情显然在名人一边，而他又只能眼睁睁地看着名人轰然倒地。川端写道，传统的围棋之道、围棋之美再也见不到了。

其实，名人的内心是相当复杂的，局后遭到异议并被定为败着的白120手与130手都可以看作是名人心理的投射。从《名人》中不一定看得出，而从棋谱上看，一切都是必然的，名人的内心并不如外表那么从容、优雅，那么执着地捍卫贵族围棋精神，他其实处在矛盾之中，他非常渴望最后的胜利，但又因自己的身份对对手的任何过分之着充满了条件反射式的愤怒，所以，当对弈在平和之中进行时，名人常常下出行云流水的招法，而对手稍一用强，名人就立马失去控制。自120就显出名人对对手的"非分之想"的"反击",在对方用强之后,再以强手应之,而未能以柔克刚,这显然犯了弈棋的大忌。到130手时,颓势已呈,名人又过于贪目,斤斤于细小的得失,在我看来,这两者都绝非技术上的失误。

这些,如果仅仅读小说,是无法细细体会和琢磨的。

名人的时代已经过去,不管怎么说,名人还是应该原谅的,这一局棋后不久,名人便去世了,与这局棋有无关系呢?令人奇怪的是,作为年轻一代的代表,木谷以后也未再下出更好的棋来,那时的年轻棋手还是相当脆弱的吧?当他击倒了对手之后,自己也无法爬起来了,格斗后的战场,是一片阗寂。

分割的空间

书眉杂抄之二

《塔芒戈》

梅里美作为法国浪漫主义小说家曾写过许多脍炙人口的名篇，最为著名的大概要算《卡门》吧？其实，从小说艺术的角度讲，梅里美的作品是有很明显的缺憾的，最主要的是比较粗糙，他作为一名浪漫作家，没有让我感受到应有的想象力的愉悦，而且，情节的结撰在那个时代的小说家中也较为逊色。但梅里美还是"著名"，跟现在的许多中国青年作家的出名一样，恐怕，戏剧家、音乐家对他作品的改编起了相当大的作用，前些时着法国电影《塔芒戈》，就是根据梅里美的同名小说改编的，如果不是为看这部"名片"，恐怕不会再去读梅里美的这部中篇的。已经记不清电影的编剧与导演了，反正看了一半就大吃一惊，与原著相差太大，这正说明了梅里美作品的特色，故事性、戏剧性不够，如按梅里美的原著拍，是很难为编导的，但我接着要指出的就不是对梅里美的不满了，编导显然比梅里美晚出，更具有现代民主与人权思想，所以，编导的重点放在了以白人船长勒杜与黑人头领塔芒戈的斗争上，而剧中的女主角爱谢也被重新处理，主题的揭示是爱的呼喊："我自由了，我是一个自由人！"而且，最后让爱谢明白这种自由可能是廉价的，于是，她宁可放弃这种"自由"，而与塔芒戈等同归于尽。这样处理，戏剧性是强了，主题的现代意义也鲜明了，但我以为反不如梅里美朴素的原著更历史主义，也更深刻。在梅里美的原著中，白人与黑人的斗争过程很快，而且是以白人的全部灭亡告一段落的，严格地讲，影片只截取了小说的前一部分，并对这一部分的阶段性戏剧冲突做了相反的处理，以点明种族斗争的酷烈，而梅里美在写完了黑人的胜利后似乎才开始了他的主体部分，黑人杀死了白人，但黑人却无法驾驭在大西洋上颠簸的轮船，他们不明白现代航海技术，小说的结局是一艘英国轮船发现了那艘在海上不知漂泊了多少天的破船，而船上只剩下两个人，一个是死去的爱谢，另一个则是奄奄一息的塔芒戈。因而，梅里美的深刻在于：表面的胜利是不足道的，最后的胜利应有待于文明的获得，如果一个民族，国家或人种，若处于人类文明的低级阶段，他们是不会有真正的胜利的。

《法国文学评论史》

这本书得来很偶然，是朋友从上海给我邮购的，拿到手，我很惊讶，精装本，印刷得相当漂亮，可定价才九元八角，心中真有捡了便宜的快意，不过，这种快意随着阅读而丧失殆尽。我不是说

分割的空间

这本写得不好,不是,它写得很详尽,很具系统,条理清楚,视野开阔,尤其是对各派批评的思想背景交代得清清楚楚。我之所以沮丧,是因为我近来的一些心境以及我对中国学界的一些困惑,其实,作为一名业余的写作者,所谓困惑与否本是无所谓的,但因为经常的阅读与写作,所以总是难以抹去心中的阴影。不记得是谁说过的,在近现代思想史上有这么一种有趣的现象,说欧洲人只顾在"实验室"里试验思想,哪知才是些半成品,美国人就"批发"、"走私"出去搞得像模像样,反而令欧洲人吃了一惊。这种嘲笑未尝不可作正剧来看,来看我们的学界,目前的状态恰恰只有拿来主义,而无送去主义,因为乏善可陈,不管怎么讲,只要稍稍接触接触中国思想界,对它的积贫积弱都应有切肤之痛,以我所见,主要问题恐怕就在于中国学界创造力的丧失,人之激情的丧失,思想勇气的丧失,拿来主义的结果只能是如计算机式的"复制""拷贝",而真正的工具则应编写出属于自己的程序软件。百年以来,是中国现代意义文学批评学科诞生的历史,不可谓没有成果,但谨严的读者不妨将这本《法国文学批评史》与许道明、温儒明两位先生的《中国现代文学批评史》对读,看看究竟有什么结果,我以为,除因为批评家个人的气质的差异而自然产生的审美感知以外,其理性工具都是依傍域外,因而,归终的话依然是:哲学的贫困,至于其原因,则非这篇札记所能展开的了。其实,有些话,是大家心照不宣的,悲切者或会扼腕,而超然者大概只会莞尔一笑。

《万历十五年》

在报上看到杂文新秀潘多拉的一篇文章《书非读不买》,钻钻牛角尖想一想，个人买书有时竟也有如图书馆，碰到一个类似馆藏与流通的矛盾，只不过在个人，原因既单纯又复杂罢了。如从阅读的角度讲，只要称得上藏书家的，恐怕没有一位能将所购的书看遍的。我以为，在印刷、出版业兴盛、公益图书馆林立、信息高速公路纵横的现代社会，个人的购书乃至藏书都已不具有很大的意义了，但问题在于书与人的关系在一开始就不完全是这种工具性质和功利性质的，对一个在性情气质上算得上"文人"的人来说，书对于他可能比什么都重要，他与书有时以至于能构成不可分离的亲情关系，或者某一种书对于他，有一种思想上、情感上的震动，虽然读了，从功利与工具的角度讲，它已不再具价值，但他仍然想拥有它，甚至，会永远珍藏它。这就是我为什么在今天购进新版《万历十五年》的道理。第一次读《万历十五年》是在一九八三年，我为撰写毕业论文《悲剧哲学的新探索》而到图书馆去查资料，当时，悲剧类的经典著作几乎翻遍，由于受普列汉诺夫、黑格尔等人观点的影响，想从史学上打开思路，于是在偶然中碰到的黄仁宇的《万历十五年》，当时就被吸引住了。因为作为一种历史个案的分析，黄仁宇反复渲染了这样的事实与道理，作为君主，万历在一开始不可谓不勤政努力，至于崇祯，则几乎到了事必躬亲的地步，更重要的是，有明一代，它还拥有似乎不亚于汉唐任何盛世的名相（如张居正）名臣（如海瑞）武将（如袁崇焕、戚继光），另外，明代的一些君主的许多措施如对历史上一直头疼的外戚内宦的处置也不可谓不得力，但明代怎么看上去都那么奇怪、堕落和腐败，依然免不了灭亡的命运。这对我当时所接受的正统历史观震动很大，我第一次意识到此岸与彼岸的差别，意识到命运的不可抗逆，在这样的意义上，历史等于命运。崇祯作为亡国之君是来不及思考这样的问题

分割的空间

了，当然，以他的家族遗传、教育和身份、地位，他也不可能有这样的思想角度，否则，他早禅让了去当另一个李贽了。历史的本质是什么，是命运。其实，历史曾经是现实的（比如对活着的万历和崇祯而言），同时，历史又曾经是未来的。哲学即开始于对抽去了时间的此岸（历史、现实、未来）的追问，而追求的目的又无非是此岸何以可能，其终极答案当然是命运，哲学的进一步思考魅力由此展开而产生，这就是我当时的感觉，也是我那篇毕业论文的主题。老师给我的分数不太理想，但我的世界观却由此发生了转变，以至于个人的行为方式和行为"力度"也受到了影响——后来，我看到了李泽厚先生的哲学提纲，他居然也说到哲学的中心就是命运，我不禁又一阵感叹。因了这样的原因，我每到图书馆，总要摸一摸那朴素的黄底子褐色条纹的《万历十五年》，一直为了不能自己拥有这样一本书而遗憾。最近，黄仁宇在大陆又红了起来，出了好几种书，我看了，都似乎不及《万历十五年》，作为黄仁宇在大陆系列书种之一，重版的《万历十五年》是最后推出的，书价自然已翻了十五倍之多，装帧也改成了清一色的蓝色，我总有一种新人不及旧人好的感觉，但还是把它买下来。我将它放在书架上醒目的位置，我对朋友讲这段"人与书"的故事，然后说道："我什么时候再去读它，那就不知道了。"

《风筝史话》

因为应约要编写一部分民间工艺美术的文字，所以搬来了许多有关民俗、工艺文化及地方志的书籍，后因故推辞了，留下了几本自己较为熟悉和喜爱的随便翻翻，《风筝史话》就是其中一种。一来自己小时就放风筝，二来我们这个地区素有风筝之乡的美誉，每年都要搞风筝节、风筝会的，在书中果然查到了有关我们这个地区风筝种类及特点的描述，所以读来不免亲切。但也有欠缺处，作为"民俗艺术"丛书的一种，理应将民俗与艺术结合起来，对于民间艺术而言，艺术可能远在其次，而民俗，即它的文化内涵才是较为重要的，当然，随着历史的推移，其原始的文化内涵可能越来越淡，甚至杳不可考，而艺术则越来越浓，成了克莱夫·贝尔所称的"有意味的形式"，但作为学者，其追本溯源当是必不可少的，对这类著作而言，可能正是在这些地方见其学术功力。另外一个不满足的是作者的操作方式，也可能是因为篇幅的关系，我以为，民俗工艺应将其还原到民间历史或现实的状态下来描述，描述，而不是分析、说明和叙述，才是这类著作最为重要的话语手段。我查到了书中有关我们这个地区放飞板鹞的内容就觉得很不过瘾，失却了我记忆中家乡这种游戏的原汁原味。前些日子，我曾有一短文《乡村游戏》内中记到板鹞，不妨提一段，或可作为补充："板鹞的放飞在乡人眼里是一项重大的活动，一般只有在'乡会'期间才有，板鹞放飞成功将是全村人一年好光景的兆头。因为扎放板鹞需要花费大量的财力、物力和人力，所以非家境殷实的人家是玩不起的，乡会将近，便有好事者到家境较好的人家那儿去起哄、鼓动，有经不起鼓动的便大腿一拍：'扎。'也有鼓而不动的，那就得大家凑份子了。扎板鹞的师傅是专门请来的，一扎就是几天，好酒好肉的款待，那材料大部分都是师傅带来的，只有粗料是就地取材，扎起的板鹞总有几张八仙桌大，要几个大汉才举得起，上面缀满了大大小小的哨子，大的是瓠子做的，小的则是杏核雕成，下端还挂着数条几丈长的'辫子'。放板鹞的那一天，是全村的节日，百米长的队

分割的空间

伍,大汉们几丈一对几丈一对地排着,一个个喝足了酒,憋足了劲,接着那手臂粗细的麻绳,师傅看准风向,一声令下,大汉们逆风而跑,愈跑愈快,板鹞渐起,随后,跑一阵,松下一对汉子,跑一阵,松下一对汉子,如接力一般,而那板鹞也便越飞越高,这时,它因了风的推力,扶摇直上之力令十几个汉子也拽它不住,一个个如拔河般仰着,那穿着麻鞋的脚直在刚返青的麦地里向前犁出一条沟来,最后,将绳缚定在大树上,几乎全村的百姓都仰脖子看那已细得如盘子大小的什物,那挂着的'辫子'细若游丝,似动非动,唯有风吹哨子,粗粗细细,直传几里以外,有时,几个村同时扎放,场面就更为壮观,大有比赛的味道,一溜望去,宛如列队的大雁。在我的记忆中,少有放飞失败的时候,因为那是相当不吉利的,如天公作美,板鹞会直挂天际数日,一旦风向有变,得赶紧扯下,这学问更大,若稍有闪失,不慎掉在哪家的屋上,那就糟了,按传说,风筝掉在哪家屋上,哪家这年是要失'天火'的,所以,得赶紧请道士过来,大摆道场以除灾祸,其费用又是扎放板鹞的几倍。"多时不去乡下了,在城里的风筝会上尽是精致的玩意儿,是不易见到乡村的板鹞的,若乡间现在尚在放飞板鹞,还会不会是当年的排场和景象,风移而俗变,实在是不敢想当然的。

《纳兰词笺注》

以前只在各种选本中读过纳兰的部分作品,也许是个人性情的关系,我对词这种文化较为偏爱,细想或许是它的长短句格式所造成的高低跌宕更契合个人飘忽的情绪吧?纳兰的"词名"很高,有"词中最后一人"之说,拿过全本一翻,基本是婉约一路的,忧愁颇多。我稍稍花了点呆功夫，大致了解了纳兰的生活，其实，不如意的事是不多的，而且大半生戎马在外，事功频频，本不应有许多闲暇的时间去作白石、清真之叹的。史料不得其解，便只有再去看作品，笺注的确有这种学术方式的好处，在纳兰早先的词中，还是有不少欢娱酬唱之作的，纳兰在世并不长，稍稍年长一点便愁苦渐多，初一看，也不过怀人、思妇之类，再细读开去，从那背后读出的是更深的意味。纳兰词美在哪里？在伤感。我不知道能不能将感伤或伤感作为一种正式的美学概念予以阐发定型，事实上，我倾向于将其作为一种"弱悲剧"范畴列入审美形式之中，尤其是对于中国古代汉文学而言，按经典美学的思路，一种范畴若要取得审美形式之资格，当有其哲学阐释的通道与可能。那么，感伤能够吗？感伤所寓含的哲学意蕴是什么？理应工作得再仔细一点，比如，就中国古文学而言，感伤来自何时？我翻读得可能比较粗疏，让我深深地被感伤所包围的要数《古诗十九首》，虽然《古诗十九首》的作者现在早已不可考，但他们都是出自文人之手据说已成定论。看来，从自觉的写作时代开始，中国文人对美学的第一贡献便是把心中的感伤以诗的方式"晶化"成型，指出《古诗十九首》的感伤风格的并不始于现代的鉴赏者，刘勰就指出它"招怅切情"，《诗品》则认为它"意悲而远，惊心动魄"，胡应麟也说"蓄神奇于温厚，寓感怆于和平。"有了这样的"个案"，再去分析伤感背后的哲学蕴含就不是太费劲的了，大概抄一抄诗人们的作品就可以明白了吧："人生天地间，忽如远行客"（《青青陵上柏》），"人生寄一世，奄忽若飘尘"（《今日良宴会》），"白露沾野草，时节忽复易"（《明月皎夜光》），"四顾何茫茫，东风摇百草。所遇无故物，焉得不速老！"（《回车驾言迈》），"四时更变化，岁暮一何速！"（《东陈

分割的空间

高且长》),"浩浩阴阳移,年命如朝露,人生忽如寄,寿无金石固。"(《驱车上东门》),"去昔日以疏,来者日以亲;出郭门直视,但见丘与坟。古墓犁为田,古柏摧为新;白杨多悲风,萧萧愁杀人。"(《去者日以疏》)……至于"生年不满百,常怀千岁忧"(《生年不满百》)更成了千古名言。我抄的本子是已故马茂元先生的名作《古诗十九首初探》,马先生对每首诗都做了具体的阐释,虽然每首看上去都可能有具体的写作缘起。但在这批流传下来的相对集中的十九首诗作中有那么多言及"时间"的语言怎么讲都是令人触目惊心的,其实无须多言,这正是汉代文人的特色,对之言说者多矣!然而稍感遗憾的是谈汉之哲学者对此总是言之不详(也不能怪哲学家,汉代有许多让哲学史家忙不过来的东西,如"黄老",如"言意"……),而言文学者又总不能使之上升为哲学,他们对时间总是重视不够,扯来扯去又扯到命运之类,与原作依然在一个层面。看来现在要换一说法,即与其说汉代文人产生了"感伤",倒不如说他们作为"人"发现了时间,一种在感性的,直觉的时间感觉的基础上而诗化了的古典的人文时间,这便是伤感的哲学意蕴,也是汉文学千年来的魅力所在。回到纳兰性德,似乎也是如此,我之所以说纳兰稍稍更事便有感伤,正是他意识到了"时间",如《浣溪沙》:"我是人间惆怅客,知君何事泪纵横,断肠声里忆平生。"再如:"一抹晚烟荒戍垒,半竿斜日旧关城,古今幽恨几时平。"这古今幽恨正是千古共同的时间之伤感。钟惺在谈及《古诗十九首》的感伤后作了一系列的罗列,然后说:"同有一段千古常新,不可磨灭处",正是指的这一点。以古对今,以物对人是词人体验时间复生伤感的常用手法,如:"无恙年年汴水流,一声《水调》短亭秋,旧时明月照扬州。曾是长堤牵锦缆,绿杨清瘦至今愁。玉钩斜路近迷楼。"(《浣溪沙》)从纳兰词中,几乎可以找到与《古诗十九首》相似的句子。如:"小楼明月镇长闲,人生何事缁尘老。"(《踏莎行》)"不恨天涯行役苦,只恨西风,吹梦成今古。"(《蝶恋花》)"今古河山无定数。画角声中,牧马频来去,满目荒凉谁可语?西风吹老丹枫树。"(《蝶恋花》)"古木向人秋,惊蓬掠鬓稠。"(《唐多令》)……我现在已经想通,纳兰之所以能倾倒后人,就在于他在古典文学的最后将感伤浓墨重彩地又写了一遍。掩卷之际,我不无绝对地认为,纳兰之后,就再无古诗词,精确地讲,就再无真正的感伤了。所以,更绝对地讲,整个古典的诗化境界就是感伤,而当现代人明白了时间的本质,从科学的角度参透了人与时间之关系时,古典化的人文时间观也就不复存在,感伤也就失去了其哲学的根底。不妨读一读纳兰以后的古体诗词,尤其是黄遵宪"诗界革命"之后的,怎么读也再无那种苍茫而又精致的微微的疼痛,一种黯然神伤的顾影自怜,一种面对千古江山(现在还有不变的作为时间之物化的千古江山吗)的凄惶……所以,是否再可以试作这样的界定,感伤是一种只属于古典范畴的审美形式?

书眉杂抄之三

《护生画集》

丰子恺的漫画看过很多,也很喜欢,有一些极有童趣的,像"阿宝赤膊""瞻睑底车""花生米不满足"等等,让人忍俊不禁;有一些是有深意而引人思考的,"最后的吻""战争之花""某父子"便是;也有的纯粹是描摹百姓的生活,"好音""挖耳朵""三娘娘"就是些非常写实的生活速写。有这样的说法,在中国,漫画是自丰先生开始的。因为都是由毛笔作画,线条的勾勒就颇具中国画的特点,"言"简而意赅,留给人无限的想象空间。应该说,丰子恺的漫画就是他所说的,是"简笔而注重意义的一种绘画"。

《护生画集》也是一本漫画集,但与上述漫画有很大的不同,用李圆净居士的说法可以称它们为"戒杀漫画"。《护生画集》一共六集，第一集问世于1929年，最后一集出版时已是1979年了。这是《护生画集》最让人感动的地方。这种感动不仅是因为其间经历了五十年的风风雨雨，甚至是沧海桑田的变化，也不仅仅因为画稿几经流失，辗转千里，而且因为当最后一集与读者见面的时候，曾经共同谋划此事、并配诗写序的弘一法师、夏丏尊、李圆净、马一浮以至丰子恺本人都相继去世了，新加坡广洽法师在"江山依旧、知音寥落"的感叹中，"不揣绵薄，向诸善信募集净资……俾全部同时流布，借以完成子恺居士纪念弘一大师未了之夙愿"，终于使《护生画集》功德圆满。在翻看画集的时候，我仔细地读了所有的序和跋，初集的序是马一浮先生的手笔，其中"故知生，则知画矣；知画则知心矣；知护心则知护生矣。吾愿读是画者，善护其心……"乃交代了画集的宗旨，在第三集丰子恺的自序中，再次强调"护生者，护心者"的最终目的。而夏丏尊、章锡深、叶恭绰的序与跋中更多的是赞赏丰子恺在颠沛流离之中，遵从师道、恪守诺言、勉力作画的精神。在全部的序文中，第六集广洽法师的序是一篇感人至深的文字，其时法师已年迈八十，在八月中秋之日回忆画集前后五十年的周折与艰辛，句句有感，字字动容，整篇序两千多字，声蕴贯通，一气呵成，称之为散文中的佳品绝不为过。

丰子恺一生，受弘一法师的影响很大，早在读师范时，就十分钦佩大师高明博厚的才艺德学，大师出家之后，亦从之皈依佛门，《护生画集》就是为贺弘一大师五十寿辰而作初集五十幅的，以后又遵大师之嘱，在其六十岁时作六十幅，七十岁时作七十幅，直至一百寿辰时作百幅，以宣扬佛家"善护其心"的思想，虽然大师在为第二集写完配文与跋之后不久就圆寂了，但《护生画集》仍保留

分割的空间

原有的风格,全部是由丰子恺作画,分别由叶恭绰、朱幼兰、虞愚题写文字,或诗或文,整个画集中,画、文、格式、纸色都显得十分自然和谐。但以每一集而言,内容还是各有所侧重的,比如第一集,以暴露人荼毒生灵的居多,给人触目惊心的感受,像《诀别之音》,被箭射中的鸟就快要落下,在最后的时候对同伴长鸣一声,以示告别,而同伴只能俯下身子,无奈地望着它落下,"落花辞枝,夕阳欲沉,裂帛一声,凄人秋心"。看画中之鸟,读"裂帛"二字,确实给人心灵以震撼。《囚徒之歌》写道:"人在牢狱,终日释秋,鸟在樊笼,终日悲啼,聆此哀音,凄入心脾,何如放舍,任彼高飞。"物欲获得自由与人欲获得自由是一样的道理,而人在以自我为中心的时候,却很难想到这一点。《生的扶持》"一蟹失足,二蟹持扶,物知慈悲,人何不如。"这样的场面,只能让人无地自容了。第二集则更多地表现万物与人的自然和谐,笔锋要平和得多。比如二集中的第一幅"中秋同乐会",画面展示的是中秋之夜,一轮明月当空,远处山水相依,近处人与兔同沐月光,树木参天,归雁南飞,一派祥和安宁的气氛。弘一法师配诗曰:"朗月光华,照临万物。山川草木,清凉纯洁。蠕动飞沉,团栾和悦。共浴灵辉,如登乐国。"这样的画幅还有很多,"冬日的同乐"主题与之相近,在冬日的暖阳下,一老一少适坐门前,身旁是蹲着的猫,熟睡的狗,觅食的鸭和一群跟在双亲后面的小鸡,真是"何分物与我,天地一家春"。

同一生物人画的有很多,关于蚂蚁,就有许多幅。因为暴雨,蚁穴被侵,好心的僧人遂编竹为桥而救蚁命,这是一幅。蚂蚁要搬家了,孩子们也来帮忙,因为怕别人不知而踩伤了蚂蚁,就用小凳搭起一座长廊,这又是一幅,童心的善良与纯洁由此可见。蚂蚁虽小，也是生灵之一，丰子恺爱惜生灵，也常常为蚂蚁的精神所感动。《运粮》一幅即是如此："蚂蚁运粮，群策群力，陟彼高冈，攀彼绝壁。屡仆屡起，志在必克，区区小虫，具此美德。"因此，在那只穿着大头皮鞋的脚上，打了三个让人警醒的惊叹号，因为在那只脚的下面是一只弱小的或将碎成齑粉的蚂蚁！丰先生说他曾经仔细观察过蚂蚁救伤的情景，让他感触颇深，在第三集和第五集，他两次画到这件事："两蚁相扶掖，蹒跚向墙阴，一蚁已受伤，肢体正挛痉，二蚁衔其足，努力向前行。""不闻呻吟声，唯见色仓皇，我欲施救助，束手若无方。目送两蚁行，直到进泥墙。事过已三日，我心犹未忘，不知负伤者，是否已起床。"我想，读过这样的文字的人，是不难找回自己心中的善良与仁爱的。然而，倘若丰先生活到今日，不知该让他何等的痛心疾首，小小蚂蚁早已不仅是人类有意或无意践踏的对象，而且成为人的口中之物，食蚁者强身健体，治病长寿，在宣扬多食蚁的广告上，竟画出一个个蚂蚁兴高采烈地打着灯笼，迎接人类的饕餮，但这则广告也有"失误"的地方，即它的旁边介绍了有关蚂蚁的诸多趣闻，其中说，蚂蚁的世界是一个有灵性的王国，它组织严密，分工合理，在遭遇外来侵略的时候，无一临阵脱逃，而是前仆后继，甚至以咬破肚皮、放出毒汁的自我牺牲方式来保卫国家，读过这样的文字，是如何也下不了口去喝那用成千上万的蚂蚁的尸骸酿成的酒的。

《护生画集》是一本"戒杀漫画"，它更多的是宣扬佛家教义的，然只要是读过它的人，无论信佛与否，都会有所感触并从中受到教益，通俗一些说，读过了便会生出一些爱心，生出仁慈之心，它的意义或许比眼下正热的养电子宠物要强得多吧。子恺先生说得好："护生者，护心也。详言之，护生是护自己的心，并不是护动

分割的空间

植物。再详言之,残杀动植物这种举动,足以养成人的残忍心,而把这残忍心移用于同类的人。"只要能达到这样的目的,丰子恺数十载的心血也就算功德圆满了。

《符号帝国》

对中国读者,尤其是知识界读者来说,罗兰·巴特已不是陌生的名字,在八五年前后,嘴上挂着巴特几乎成为一些文学圈子中人的时髦。其实,实话实说,巴特并不怎么好懂,我没有仔细留心巴特在法国的接受状态,但我想他的作品在中国有时竟成为畅销书,这显然不正常,巴特的名作《恋人絮语》在中国相当招人,许多人将它想象为言情小说、情书大全,我的一个年轻同事谈恋爱时在我的书架上看到了这本书,立马借了去,但不几天就悄然放了回来——那时有多少恋爱的青年购买了这本书呢?文本就是如此成了"符号",一个纯形式的装饰,这倒很值得"符号大师"细琢一番。

《符号帝国》是我早就想读的一部作品,但见到全译书还是今年的事,因为读过《恋人絮语》《埃菲尔铁塔》等名作,所以对《符号帝国》就心存着许多的期待,但说句实话,并不怎么精彩,很难说巴特对日本了解多少,我以为想象和猜度的成分还是太大了些。结构主义非常讲究语境对符号意义读解的影响,乃至将其视作决定性的因素,罗兰·巴特正因为他尚未解决这些符号的语境问题,内中许多被人称道的篇什如《筷子》一类确实写得充满智慧,写得聪明,但也只能当作纯粹的文章去读。

许多选本或节译都不大提到巴特在这本书中对"俳句"的分析,这让我有些奇怪,并不是说,巴特对"俳句"的分析就得心应手，但巴特面对的毕竟是一堆语言作品，即使孤立地对待，对巴特来说也是强项，确实，对"俳句"的分析在书中占了四章，多少显示出巴特的自信。对俳句，巴特是这样理解的：1.俳句是自由的，它不在乎意义，因而也不在乎借助为了抵达意义的手段。2.对俳句意义的体认方式是禅宗式"悟"。3.俳句的出现和接受都是"偶然"的，这与日本的文化具有同一性。4.俳句的表达几乎是名词性状的，它既不描写，更不下定义，它"减化到纯粹运用指称的程度"。我不知道这样的概括是否准确，但我以为巴特对俳句的把握确实要强于其他符号。日本的俳句除了有自己的形式特点之外，在其美学属性上与中国古典诗歌尤其是绝句是非常相像的，因此，我在读到巴特的这些论述时，真有一种陌生的熟悉，说陌生，是因为它运用了与我们传统诗学相异的方式，说熟悉，则是因为它得出了与我们传统诗学十分相似的结论，所谓殊途同归，我们传统诗学也讲自由，也讲言与意的关系，推崇"兴会"，至于"悟"，则是中唐（《沧浪诗话》）以来以禅说诗的传统，我最称赏巴特对俳句表达方式的看法，这一部分内容见第二十章《这样》，他认为俳句使表达"进入意义中止状态，这在我们看来最奇异的事，因为它使我们的语言最常见的那种活动——即评论——不可能再进行。"他把"俳句"因之而称为"痕迹"，这样的"痕迹"建立起我们所称为"不带评论的视景"。巴特这样写道："俳句说道：它是那个，它是如此，它是这样。说得更确切一些，就是：这样！"俳句的姿态被巴特以孩童的表达方式加以类比："小孩子指着什么东西，只是说：'那！'。"我还尚未见到传统诗学能这么简直、理性、技术而又形象地说出古典诗歌的这一特质，古典诗歌中确实有这一路数，它只指称，而不再省人，它只是直接的客体化的呈示，而不加描述，不去揭示指称间的联系，更不去附加主观的情理，王国维的"无我之境"，似乎触及到了，但仍不及巴特切实而明朗。当然，我不能肯定巴特的这些论述是不是就真的道出了东方古典诗歌的个性，不过，巴特在《存在诗歌写作吗？》一文中这样概括西方古典诗歌：

古典主义言语活动（散文与诗歌）的构成，依据的是关系，也就是说，所有的词语都为了各种关系而尽可能地抽象，没有一个词因其自身而意蕴丰富，它勉强是一事物的符号，它更是一种联系的渠道，它不深入到与其外形共存的一种内在现实之中，而是一经说出便伸向其他的词，以便形成一种表面的意向链。

他又这样来描述现代诗歌：

现代诗歌过去一直在破坏言语活动的各种关系，并把话语重新引向词语的一些定点。……现代诗中无诗的人文主义可言。

按照"证伪"学说，巴特对俳句的认知显然既不隶属前者，更不可归于后者，那么，我暂时认为，巴特《符号帝国》中有关俳句的知识相比较而言是近于东方古典的。

《此岸到彼岸的泅渡》

艾云以前是写散文的，被评论者称为"女性散文家"，但此书与散文似乎关涉不大，不过若不当做散文，又该算做什么？现在我越来越感到当代写作的文体是一个值得讨论的问题。前些时，我专门看了云南出版社隆重推出的"文体丛书"，作者皆学界新锐，但经院味很浓，并不能解决我所面临的实际问题，比如，艾云的这本书就是一种独特的文体，在我的阅读记忆中，这种文体的写作，好像开始于赵鑫珊，以后又有了吴亮、周国平、萌萌、张志扬、耿占春……后来，《花城》专门为此开设了一个专栏，叫做"现代流向"，这是一个时间性的描述性的概念，并不是一个文体学的概念，我曾仔细地思考过这种文体的渊源和之所以如此的原因，粗略讲是否与德国浪漫哲学有关，比如海德格尔？风格确实很相似（赵鑫珊、张志扬、周国平好像都是哲学家，而且在德国哲学上都有建树吧）。这类写作的宗旨本是为了探讨人的生存问题，从"内容"上讲该划分到"哲学"，问题就出在这个"哲学"上，什么是"哲学"，这批写作者恐怕有了新的理解吧？即哲学再不是经院的，完全"彼岸"性的假设，不是纯逻辑的人工构建，哲学就在"此岸"，在此岸向彼岸的追问过程中。因此，思辨让位于观照，抽象让位于具体，推理让位于描述，而一旦归结到此岸的描述，哲学与诗便不再可分，可不可以这讲，古代哲学作为"智慧"开始于人对世界的超越，而当代哲学则还原到对世界的沉思与观照，那么，是否可以暂时给出一个感性的文体命名，艾云之类的写作是一种"还原"式的文体？

分割的空间

书眉杂抄之四

《春琴抄》

读完谷崎润一郎的小说《春琴抄》之后,一直想写点什么,可一旦下笔,又不知从何写起。直到我翻开《四季的情趣》,读到其中川端康成的散文《我在美丽的日本》,那种对《春琴抄》的朦胧的感觉才逐渐地明晰了起来。川端的文中首先摘录了明惠上人对月亮体之入微的描写:

元仁元年(1224)12月12日晚,天阴月暗,我进花宫殿坐禅,及至夜半,禅毕,我自峰房回至下房,月亮从云缝间薄出,月光洒满雪地。山谷里传来阵阵狼味,但因有月亮陪伴,我丝毫不觉害怕。我进下房,后复出,月亮又躲进云中。等到听见夜半钟声。重登峰房时,月亮又拨云而出,送我上路。当我来到峰顶,步入禅堂时,月亮又躲入云中,似要隐藏到对面山峰后,莫非月亮有意暗中与我做伴?

冬月拨云相伴随
更怜风雪浸月身
步入峰顶禅堂时
但见月儿斜隐山头
山头月落我随前
夜夜愿陪尔共眠

禅毕偶尔睁眼,但见残月余辉映入窗前。我在暗处观赏,心境清澄,仿佛与月光浑然相融。

心境无边光灿灿
明月疑我是蟾光

川端在大段地引用了明惠上人的诗文之后,写道:"与其说他是所谓'与月为伴',莫如说他是'与月相亲',亲密到把看月的我变为月,被我看的月变为我,而没入大自然之中,同大自然融为一体。"

从川端康成这里回到谷崎润一郎的《春琴抄》几乎就顺理成章了。我明白我实际上回避了《春琴抄》的故事,谷崎润一郎的文字,尤其是通过春琴与佐助的心灵而体悟出的自然是怎样的一种味

分割的空间

道啊，它不就如同明惠之于月华么？只不过是明惠是用明亮的眼去体认的，而在春琴和佐助，却是在放弃了常人的明目之后用心灵的记忆、想象与感悟，因而又别有一番滋味和情调，若用明惠的诗文，该是那云翳、那残月的境界吧？

春琴自幼颖悟、美丽，四岁时习舞，舞姿优雅感人，不幸的是九岁时因患眼疾而失明。从此弃舞而潜心于练琴，不久便鹤立鸡群。一个双目失明的人整日与琴为伴，当她从怀抱的三味线中弹奏出一串串音符的时候，她也许比目明的人更能体会其中的真谛。音乐是对自然的礼赞，尤其是古典的东方音乐，由弦乐演奏出来更是近乎自然之声，低垂着双目的春琴正是用心在体会着它吧。明惠对着月光，用眼也用心在体会、描摹，从而达到物我为一的境界，而在春琴，则完全是用心了，在一片混沌的天地里，或许更能倾听到天籁之声，明睁着的双眼，被物所引诱，或许不如没有杂念去除一切干扰的来得好。

佐助有一段话，我觉得说得相当好：“我看着师傅的面容，从来没有产生过什么可惜啦、可怜的念头，一次也不曾有过。同师傅相比，倒是眼睛没瞎的人来得可悲呢！以师傅那样的气质和才貌，怎么会需要别人来同情，反而应该是她来怜悯我，说'佐助你真可怜'。我说呀，你们只是眼鼻不缺而已，此外没有一样可同师傅相提并论的。我们才是残废呢，不是吗？”

春琴奏乐，春琴养鸟，她的体会都能超出别人。一段琴音，几声鸟鸣，春琴垂着眼帘，感觉着天然之意趣，她说：“若闻天鼓之类的名鸟啁啾，虽足不出户，犹有置身于幽静深邃之山峡的风趣；小溪流声潺潺，山巅樱树朦胧，悉数在心际耳中再现，鸣声里有花有俊，可令人忘却正身处红尘中的喧嚣都市。”

这样细微的体会也许正常人就不能达到，我们的眼中每日闪过无数的画面，优美的纯净的与丑陋的肮脏的相杂，如何才能把这些一一给它过滤干净呢？人们每日置身于喧嚣的环境，把他们的目光投向纸币，投向交易，又有多少人能像春琴一样，用心去体会自然的美妙，去聆听那天籁之声呢？面对最初萌发的嫩柳，静静地隐于桥下的青草坡，混浊了数年忽又变得清亮起来的河，人们的眼睛都麻痹了，若是有朝一日把他们置于黑暗之中，那又会怎样呢？

佐助也曾像师傅一样，把自己关在暑夜的大壁橱中，在不见一丝灯光的一片漆黑中，摸索着弹奏，甚至觉得自己也能置身在同一种黑暗里，是无上的乐事，以至养成了一持乐器就闭上眼睛的习惯。直到后来，春琴被毁容之后，佐助刺瞎了双眼，他才知道自设的黑暗的心境是无法和现在真正失明的心境同日而语的，盲人的视野是朦胧有光的，而不是一片漆黑的，佐助为此十分的欣喜，佐助明白："今日虽然失去了观察外部世界的眼睛，却也同时睁开了审视内在世界的眼睛。"

《春琴抄》完满地实现了谷崎润一郎的美学理想——阴翳之美，我体会那是一种朦胧的、薄暗的、幽深的色调，而在这样的色调里，心境会变得更宁静、更温暖，更能体会到自然之真，在那样的世界里，人去除了一切的浮躁、不安与焦渴，沉静在自然的境界里，物与我、我与物，都不再分离，天人合一，融合交汇，这样的境界是春琴的境界，是谷崎的境界，是明惠的境界，也是川端的境界。

面对外面的喧嚣与嘈杂，回到这样的阴翳的境界，用谷崎的话来说："啊，这将是怎样的情况，试将电灯熄灭了看吧！"

分割的空间

《画布上的泪滴》

有关毕加索的书实在太多了，但《画布上的泪滴》依然能一枝独秀，因为它出自一位女性之手，一位年轻的女性之手。拉波特的这本随笔将女性的细腻、世俗和对日常生活的兴趣发挥到极致，所以，它生趣盎然。

拉波特提到毕加索喜欢动物，他们一起谈到了狗，拉波特写道："他非常欣赏狗能够用腾跳、雀跃来表达内心的狂喜，并为人类做不到这一点而感到遗憾。"这句话在拉波特也许是随便写下的，她并未多加评论，但我对这句话却流连再三，我可以想象拉波特未尽的文字，想象到毕加索的神态，我甚至想象那次有关狗的谈话就结束在毕加索的这一沉思的神态中，因为那沉重的东西显然不宜于他们那总是欢乐的交谈。

我生活的这个小城还没有绝对地禁止养狗，这里有许多各种各样形形色色的狗。有的狗高大而剽悍，这种跟狼相当接近的狗给人以威慑的力量，当它独立于一处，用狡黠的眼睛看着你的时候，你是绝对不敢靠近它的，而只能快步走开。它的个头也高得让你惊讶，差不多要齐你的腰部，我有一次在肉市场上，突然就有一只这样的狗从我身边走过，我的心确实紧了一紧。这种狗以它的高大和威武生活在人的中间，我没有见过它谄媚的样子，即便是主人来了，也只是默默地跟在后面，一声不吭。大约它们多是用来看家的，有它坐在或立在门口，陌生人大多是不敢轻易冒犯的。在我的感觉里它应该永远是这种威武而充满潜在的攻击力的样子，所以我特别不喜欢那些玩帅而张狂的年轻人,用一根粗粗的铁链拴住它的脖子,骑着单车,一手扶把,一手牵着它,而它只能以同样的速度跟在后面跑,这对它是不是一种屈辱呢?这样的场面真让人想起曾经的黑奴。

在我们这样的小城,当然是看不到拉波特豢养的英国良种狗的,那种在太太小姐们怀里待着的驯服的宠物,它们睡在高贵的床上,每日要用特制的浴盆沐浴、消毒,吃着高级的饭菜,露出优越的面孔,跟主人亲热、逗乐,在铺满地毯的屋子里打滚、翻腾。这些狗也许是在偶然之中过上了如此奢华的生活,那么,它也算是狗中的大幸,但它们是否也失去了些什么呢?尽管可以跟着主人去植着绿草的花园里散步,但却无法领略到真正的自然风光;它们固然用不着为吃而犯愁,但却不能体会从垃圾堆里找到一块残骨的喜悦;同样,睡在温暖而舒适的床上,大概也难以与奔波一天后觅得一方暂时的栖身之处的侥幸相比;它们尽管可以和主人嬉戏、打闹,却失去了与同类兄弟们的追逐奔跑的快乐。

由此我倒是更看重平常人家的小狗,这些狗神态各异,性格也不尽相同。有些狗生性胆小,见人就溜得远远的,再立住回头看你,见你毫无敌意,才不再跑;有的狗活泼好动,见到人就蹿上来,咬你的裤角,跟在你后面跑,开始往往把人吓一跳,待过一会儿,才知道它并无恶意,也就跟它玩耍一回,它也毫不认生,跟你跳跃、站立,无拘无束;也有一些狗是孤独的,独自一个去觅食,独往独来,见了人也从不拿正眼瞧你,仿佛这世上只它一个似的,这样的狗给人一种回味,尤其在黄昏时分,夕阳已尽,天色将晚,有一条黑白相间的狗独自走在乡间的小路上,四周悄然无声。

说了许多关于狗的话题,还没说到前面所引的那句话,细细一想，毕加索的话还是过于笼统了些，毕加索欣赏狗的自由与率真，其实，这一点之于狗，情形是大不一样的，比如"训练有素"的狗就少了一点真率与自在。然而，再怎么"训练有素"，狗总不能成为人，比起人，狗享有了天然的自在，人则不同，他们怒而不露，喜而不显，必须学会使用伪饰和假面，学会隐藏和压抑，在这一点上，人真不如狗。

在这种意义上，真正的如毕加索一般的伟硕俊才总是能超越人性而返诸动物的，我觉得毕加索的那份沉思和遗憾是站在人类之局外而发的，什么东西能束缚和改变毕加索呢？比如，毕加索对待朋友，他既可以在朋友最困难的时候，慷慨大度乐于帮助，也可以以刻薄的漫画方式对朋友加以诋毁，也许毕加索就是一个不会掩饰自己的人，是不是可以这样说，毕加索是人中之"狗"呢？因为只有他，才能令人羡慕地那么放任地腾跳、雀跃啊！

《亲爱的提奥》

《亲爱的提奥》是我在1985年的元旦于南京新华书店购得的，扉页上的记录让我确切地知道我得到它的时间。十年前，我把这本六百五十页的书囫囵吞枣地看了一遍，十年后，当我再翻开它，读到它的第一行文字的时候，我的眼睛立刻被泪水蒙住，我的眼前出现了那间简陋而矮小的屋子，伟大的凡·高在结束了他每天十四到十五个小时的素描或油画之后，在昏暗的灯光下拿起笔向提奥，这个世界上唯一的能够珍视他的每一句话和情感的人倾吐他内心的一切。

凡·高是那么孤独！

之所以想起《亲爱的提奥》这本书，想起孤独而窘迫的凡·高，是因为我在读重森弘淹的《西方摄影艺术流派及其大师们》时，遇到了尤金·阿特热这个人，在此之前，我对他一无所知，读完了，我才知道他的纪实艺术曾给1930年以后的摄影以很大的影响，用B.纽霍尔的话说："他的拍摄方法与其他艺术的构图方法完全不同。1930年，阿特热的作品初次在美国展出时，许多年轻的摄影家观看后，都被他运用相机进行直接纪实所产生的魅力所吸引。"

　　纪实性的摄影在现在已经司空见惯了，而在阿特热的时代，却是不被人理解，就像凡·高的画在当时被看作是怪物一样。阿特热是贫困的，但贫穷的阿特热仍然倾其所有购买了最普通的相机和最便宜的镜头，因为他无法抵挡摄影对他的巨大诱惑。简陋的设备使他不能进行技术上的各种处理，但阿特热却用心体验着生活中的一切，橱窗里凝固的模特儿的表情、破旧杂乱的贫民小屋、在街头徘徊的娼妇忧戚的神色以及卖煤油灯罩的小贩麻木的举止，都无不忠实地记录了当时巴黎的平民生活，让人感到在繁华、热闹的巴黎的背后，那一种渗入人心的凄凉。

　　如果不是女摄影家B.艾博特的发现，这些被称为20世纪最有特色的纪实照片，就会永远被埋没了，我翻看着它们，想象着阿特热独自背着相机走街串巷遭人嘲笑的情景，想象着他买完了大量的照相器材之后摸索着仅剩的分币买下聊以果腹的黑面包的情景，想象着他历经千辛万苦而一幅作品也卖不出去时的沮丧，想象着他曾经为那张唯一的卖到十五法郎的照片高兴得近乎发狂的样子，心中不禁一阵悲凉。

　　拍摄了无数张照片的阿特热没有给自己留下一张照片，直到他

分割的空间

晚年时分，女摄影家 B. 艾博特发现了他的大量纪实作品，并给这位即将与这个世界、与他深爱的摄影艺术作永远的告别的摄影家，拍下一张肖像照，而事实上，阿特热并没有看到自己的照片就去世了，他也就更无法知道三年后他的所有作品能在美国展出并引起了的巨大轰动，无法享受那一份成功的喜悦了。

阿特热同样是孤独的！

写到这里，我想起了叔本华的一段话：

> 可以把作家分成流星、行星、恒星三种类型。第一种类型所产生的仅为瞬息即逝之效果。你们目不转睛地看着它，大声道："看啊！"——旋即，它就永远消逝了。第二种类型，是一种运动着的行星，其生命延续得稍长一些。由于它们和我们比较接近，它们比恒星通常要耀眼一些，这实质上是无知者通常的错觉。然而，它们的耀眼之处不过是一种借来的光亮，而它们的影响范围只局限在同它们一道旅行的同伴（同时代人）身上。只有第三种类型，才是矢志不渝，坚定不移的靠自己本身放射光芒，一视同仁地影响所有时代，即是说，当我们的观点改变时，它们并不在任何方面发生变化，因为它们自身并不存在视差。与其他星辰不同，它们并非属于一个星系（国家），它们属于整个宇宙。不过，正是因为它们是如此的高远，所以，它们所放射出的光焰，通常需要很多年，才能企及地球上的居民。

有很多的人是为艺术而活着的，他们在孤独中度过，或者说这种孤独反而造就了他们，不只阿特热，不只凡·高。他们在孤寂的一生中，创造了永恒的艺术，他们就是叔本华所说的恒星吧。这些天才的艺术家们，当他们在遥远的天国俯瞰尘世，看到他们的作品在艺术的殿堂放射出熠熠光辉的时候，他们是一种怎样的心情呢？

分割的空间

读解"书屋"

1986年《读书》杂志的封二,曾经开设过"书房一角"的栏目,专门选登我国当代一些著名学者书房的摄影照片,至今还印象颇深。记忆中,巴金先生的书橱不高,一字儿排开,显得特别的平和、安详;陈原先生的书柜是顶天立地的,气派得很,尽管有限的摄影角度不能将其尽括于内,但仍能让人想象得出坐拥书城的丰赡与快适;萧乾先生的书房给我感触最深的是那一张书桌,上面堆满了书籍和稿纸,抽屉似乎是半开着的,好像显得主人总是忙忙碌碌而又不拘小节;姜德明先生的书房则恰恰与前者相反,严谨、整洁,不漏过一个细节。还有许国璋先生书房的质朴、黄佐临先生书房的雅致……真是让人不胜向往。

照片不知看过多少遍,除了对先生们的景仰羡慕之外,更多的是梦想也能拥有一间属于自己的书屋。随着时间的流逝,书渐渐多起来,这个梦想竟也就在不知不觉间成了现实。现在回想起来,最初的书屋是间十四平方米的房子,从中间隔成两半,南边临窗,一张书桌,四张书橱,构成一块相对独立的空间,里面能走动的不足两平方米。这自然不成模样,但自己还是强烈地感受到那次也许是无意或心血来潮时将那间小屋分隔后的异样来,由此,原先杂乱混一的空间被分割了,当然,空间的分割是表面的,实际上被分割的是自己的生活,因此,书屋虽小,但它获得了独立,得到了强调。

没有书便想有书,有了书便想有自己的书屋,有了书屋后又总是绞尽脑汁想给它起一个恨不得"无一字无来处"的书斋名,这好像已成了读书人的惯例和通病。宋末的许棐因书屋的四周遍植梅花,故称其为"梅屋";陆游的"书巢"也是因为室内之书"或栖于椟,或陈于前,或枕藉于床""乱书围之,如积槁枝"而得名,对此,陆游甚为得意,"自笑曰:'此非吾所谓巢者耶'"。有些书斋名因为起得恰当、别致,道出了读书人的心态,因而版权难以自保,不免被广为传播和"盗用",比如后世藏书家、读书人常用的"四当"之名,便是缘于尤袤对其书斋名"饥读之以当肉,寒读之以当裘,孤寂而读之以当友朋,幽忧而读之以当金石琴瑟"这不无自矜自炫的自述。我们自然也不能免俗,虽不便攀附前贤硕儒,也给小得不能再小的书屋取了个名儿——"二人转书屋",其后为文,便常将其署志于后,有朋友认为这个名儿有点怪怪的,其实它是很写实的,而且记得当时也是有一番讲究的,只是道来不免琐屑,不说也罢。

在幽暗而狭窄的小书屋里读书,时常会遥想古时文人的读书之所。"君子之所乐,其乐且何如?结庐在丘壑,委怀在诗书。"这是元代吕诚一首诗的开头四句,背依青山,端坐明堂,一卷在手,直读到夕阳西下,何乐而不为?诗再往下读,便是"舍前有修竹,舍后有芙蕖","倦来聊掩卷,步出临前除"。这样的读书环境自然让

分割的空间

人羡慕不已。司马光为自己的读书堂买了二十亩地，以藏书五千多卷的读书堂为中心，环绕着它建造出弄水轩、钓鱼庵、种竹斋、采药圃、浇花亭、见山台等，平日里在堂中读书，"上师圣人，下友群贤"，搁下书，或钓鱼，或采药，或种竹浇花，或登高远眺，难怪他要取名为"独乐园"了。自然，不能人人有司马光这样的气魄，家贫者如匡衡便是连一支蜡烛也点不起而只能凿壁偷光的书生了，幸运的是匡衡竟遇得一个家富藏书的大户，可以让他以遍读主人的书作为做杂役的代价，而最终好心的主人竟把全部的藏书作为报酬赠予匡衡，使他成为能文学、善说《诗》的西汉经学家。——他终于也有了自己的书屋。

由此看来，不管富与穷，显与达，读书人不改其嗜书的本性却是一致的，读书人首先要营造一个读书的居处也是一致的。其实，话题不如稍作展开，书屋、书房、书斋，好像都有一个居处的前提在里面，事实上，居处对传统的读书人来说似乎显得很重要，细细考察过去，对作为个体而言的每一个中国读书人而言，居处在其生命旅程当中是很具有戏剧性的，我们说居处对读书人似乎相当重要，但在事实上，读书人的人生轨迹恰恰是从走出家门开始的，即所谓"仰天大笑出门去，我辈岂是蓬蒿人"。至于"青山处处埋忠骨，何必马革裹尸还"，更是豪语惊人。然而，反出家门的读书人大都不易找到理想中的入仕之途，于是，一种失意、沮丧和懊恼便袭上心来，"少年心壮轻为客，一日病来便思家"。其实，即便入仕又如何？且不去说君王的暴戾与无常，也不去谈官场的险恶与无聊，往骨子里讲，在读书人心灵深处的价值指向中，故土与家园才是他们的终极皈依，往日的行止极可能是一着错棋，"误落尘网中，一去三十年"嘛，这样的幡悟和感受显然是群体性的，"十年辛苦在京华，梦里何以不见家。一照若耶溪畔月，始知杨柳隔天涯"。读书人的人生轨迹之所以富于戏剧性，就在于他们大都从反出家门始，以重返家园终，近乎一个圆圈。我们在这里已经接触到"家园"这个概念了，这个概念很富意味，实在值得好好地谈论一番。对读书人来说，家园总是具备双重意义的，它当然可以是实在的和物质的，不过，即便在这个层面上，它也与世俗意义上栖身之所有别。简单地讲，它不一定要去追求什么高廊四柱，重坐曲阁，而总是讲究一种趣味，一种与自然的亲近，前面已经提到吕诚和司马光的一些自况，不妨再看看其他一些人的描绘，这些描绘或许更为本质。"文史归休日，枉间卧草亭。蔷薇一架紫，石竹生垂青。""小隐西亭为客开，翠梦深处遍苍苔。林间扫石安棋局，岩下分香递酒杯。兰叶露光秋月上，芦花风起夜潮来。云山绕屋犹嫌浅，欲棹渔舟近钓台。"这里的精髓显然是闲适与清寂，自在与疏放，与风尘漂泊和功名利禄构成一个强烈的对比。因此，重要的便在于家园的第二层面上，文人的居所在其人文意义上已成为他们对抗社会的退隐之所，它既是一个空间的存在，更是一个精神的堡垒，所谓"始为江山静，终防市井喧"。

说来有趣，这样的景象和氛围似乎也氤氲于现代人当中，在中国现代文学史上有一个苏青，她写过一篇《自己的房间》，开头一句话单独写成一节，很是醒目："现在，我希望有一个自己的房间。"她接着说道："我的房间，也许狭小得很：一床、一桌、一椅之外，便再也放不下什么了。"房子虽然不大，但苏青却会其乐融融，她憧憬道："让我独个儿关在自己的房里听着，看着，幻想着吧！全世界的人都不注意我的存在，我便可以自由工作，娱乐，与休息了。"在卡夫卡的日记中，也会发现类似的话语："我经常想，

分割的空间

我最理想的生活方式是带着纸笔和一盏灯在一个宽敞的闭门杜户的地窖的最里面的一间里，饭由人送来，放在离我这间最远的地窖的第一道门后。穿着睡衣，穿过地窖所有的房间去取饭，将是我唯一的散步。然后，又回到我的桌边，深思着细嚼慢咽，紧接着马上又开始写作。"在读苏青时我就曾想，她的那些念头是否来自英国女作家伍尔夫的《一间自己的屋子》？我曾经多次翻阅过这本小册子，虽然她所谈的是妇女与文学的问题，几乎可以看成是一篇女权主义的宣言，但我从中感受到的除了作家睿智的思想和大声疾呼之外，又有一种疼痛，我可能误读了伍尔夫的思想，一间自己的屋子显然是一个比喻，它喻指着现代人希冀拥有自己不被入侵的精神空间，伍尔夫、卡夫卡、苏青，他们之间确实有许多一脉相承或不约而同的地方。

我还想到了康德，想到了康德的远离城市的居所和几乎是属于他的林间小道，当然还有维特根斯坦，想到他在阿尔卑斯山丛林中的小木屋——难道哲学家们的哲思只有在远离尘埃的林中净土中才能诞生？即或不是这样，这样的思想环境大约对他们来说也是很愉快和适宜的。所以到了本雅明，哲学家们就痛苦得多了，工业化挤兑得他们无处藏身，城市与思想不得不对立地共处于他们的生活当中，本雅明也就不得不绝顶聪明而又悲伤地将当代文人比喻成穿梭躲藏于城市"垃圾箱"中的"老鼠"。古今同一，中外无二，名词性的家园与动词性的安居始终是知识者思考、渴望与营造的对象，对这一点，深受当代技术冲击的后来者海德格尔以富于总结性的口吻将其作为第一命题予以阐述："在我们这个匮乏的时代，安居的状态是什么样子的呢？"他认为世俗意义上的住宅等问题"都不是安居的真正困境，……真正的安居的困境在于凡人一再地追求安居的本质，在于他们必须事先学会安居。如果人的无家可归正在于此,那么,人为何仍旧不把他安居的真正困境当作困境来思呢?一旦人致思于他的无家可归,这就不再是不幸之事了。只要好好去思并铭记于心,它将会成为唯一的召唤,召唤人们进入他的安居"。现在许多学人动辄将海德格尔与中国古典哲学进行比较性研究,想来确实有道理,中国古代读书人虽然使用的是较为感性的和艺术性的语言,但在这一问题上确实有着许多殊途同归的地方,比如,套用海氏"存在"与"思"的观点来看,中国古代读书人最终强调的也是精神层面的东西,他们往往也在精神的层面来对待家园与居处的问题,概括地描述起来,中国文人若"修炼"到一定程度,前面所提到的第二层面往往就替代了第一层面,亦就是说,不一定真的要千里还家,也不一定非得临山靠水,离群索居,因为到了真正的境界,"家园"作为一种"心"的意象本身就可以使他们拥有一种理想的生活,所谓"结庐在人境,而无车马喧。问君何能尔,心远地自偏"。大隐隐于市,一直是中国隐逸文化的最高理想。

　　话题似乎扯得有些远了,不妨再回到书屋,不过,我们可以明显地感到,当我们理清了文人们对居处的哲学化的理解、理想化的营构及无奈的喟叹之后,书屋的意义便显豁得多了。书屋与书斋是既关乎居处又关乎册书的处所,它们作为一个物质化的存在与作为一个符号化的语词,其内在有着隐秘而又必然的联系。我在前面引述古人对居处的理想化营构时有意回避了其中"书"的细节,而到了这里,该是点明和予以强调的时候了,比如宋代孔武仲吟咏自己的"潇洒堂"时讲道:"政简琴书聊度日,地闲花木为留春。"同朝方岳亦云:"竹外一青灯,残书伴古厅,叶干闻雨急,山近觉岚腥。"文人的居处之所以被自己所珍爱,其实最重要的原因就在于内中有书,明李东阳说:"身在尽余容膝地,囊空频散买书金。门

分割的空间

无俗客城中驾,坐有清风石上琴。"看来李东阳的"城塘书屋"实在小得可怜,简朴得可以,但因为它藏纳着主人平生倾囊所聚之书便被主人自珍不已了。这层意思元代的陆祖允说得最为干脆:"吾亦爱吾庐,芸窗几卷书。"因为拥有自己的书屋,他们才拥有了自己独特的生活,书屋在此可以虚化了,只要有书,随处可成书屋,说句实话,在史料记载中,好多文人的书屋、书斋名是有其名而无其实的,许多文人终身居无定所,形如萍踪,书屋从何谈起?真正有意义的是以书为伴,书屋,到此可以绎解为以书为屋,以书为庐了,而续接到前面的意思,则自然逻辑化地推演出这样的意思,书也是文人退居的地方,书是用语言构造的天地和空间,是一种特殊的"家园",只有在这里,文人才会自适其性,找回自己,归依本我。宋陆游奔波之后于晚年说道:"此生生计愈萧然,架竹苫茅只数椽。万卷古今消永日,一窗错晓送流年。"明于谦说得更为乐观和逍遥:"书卷多情似故人,晨昏忧乐每相亲。眼前直下三千字,胸次全无一点尘。活水源流随处流,东风花柳逐时新。金鞍玉勒寻芳客,未信我庐别有春。"以书/语言为筏,我们再一次穿越古今、横渡中西,重提海德格尔,在海氏的哲学辞典中,语言、诗、思、存在、大地……是同一层面的可以互文的概念,于语言中沉思便是"诗意的栖居"之一种,人们将会找回失落的存在,接近大地和本真,上达澄明之境。——令人感到为难的是,一旦上升到哲学层面,形而下的言说和书写便时时觉得局促和阻隔,而我们对书屋分而又合、合而又分的析解的最终理解又不得不令人坚信它必然关乎人,尤其是知识者的生活方式和生存姿态,这真是思与说的两难之境。权且如上,算是对书屋的一次近于"语言分析"式的读解与梳理。聊作自慰的是:对任何对象的思考与言说都不会有它的终点的。

琴心漫说

在中国古典小说中,每当要称赞一位读书人的修养时常常有这样的套话:"琴棋书画,无所不能",看来,会弹琴大约是文人的基本功。然而细考开去,文人的弹琴与乐师的弹琴是不可同一而语的,似不能从职业的要求去看待,而应把弹琴放到文人的整体生活中去理解,而一旦这样去理解,弹琴这种音乐活动便生出许多非音乐的意味来,它浸透着文人的情趣。文人在弹琴中追求的是非职业的韵味和哲思,琴、弹琴成为一种特殊的符号和符号操作而演化成文人的诗意存在方式之一。明乎此,才可以说体味到了"琴心"。

中国文人对琴的偏爱最早可以上溯到先秦,虽找不到确凿的证据,但我总觉得那位伯牙是能从文字记载中见到的最早的酷爱弹琴的文人。我从有限的传说中体会到下面几点:首先,伯牙可能是位隐者,他不像师旷那样的职业乐师出入宫廷侯门,他弹琴已超出了一般音乐活动的形式。在遇到钟子期之前,他只为自己弹琴,遇

分割的空间

到钟子期,他的演奏只为了他们两人。钟子期也是位隐者,音乐成了他们的交流方式。其次,伯牙的曲子既非阳春白雪,亦非下里巴人,前者是宫廷音乐,后者是民间音乐。伯牙的曲子应属于第三种,我称之为文人音乐。我们可以把他的音乐旨趣和《左传》中季子观乐那一段做些比较:季子出席的那场音乐会规模很大,从记叙看是比较全面的,可以说齐集了当时所有风格和体裁——风、雅、颂应有尽有,但没有一种和伯牙的相似。伯牙的高山流水是以个性化的形式通过对自然的领悟去抒发自己的情志,这恰恰是中国文人以后一直遵循的审美方式。

自伯牙之后,中国文人喜欢弹琴的越来越多。魏晋时的竹林七贤无不以琴名噪一时,如果说上面对伯牙的理解带有相当的猜测的话,那么在这些人身上,我们就可以看到文人对琴的独特理解了。他们已不仅仅是演奏琴,而且自觉地对这种生活方式进行体验、领悟和表现。自汉以后,文学作品中琴的形象出现得已相当频繁,傅毅《琴赋》说琴"尽声变之奥妙,抒心志之郁滞",嵇康也在《琴赋》中说琴"诚可以感荡心志而发泄幽情"。这些说法都说明琴到了这时在文人手中已如同诗词歌赋一样成了表情达意的工具,被"文人化"了,从音乐王国转到了文学王国。所以,文人不管到哪儿总忘不了两样东西,一曰书,一曰琴,琴书已连在了一起。陶渊明不当官回归故里,两袖清风,唯有琴书相伴,他"乐琴书以消忧"。可以这么说,琴的世界书的世界已成了文人构筑的用来抗击世俗抵御社会压迫的家园,一个想象性的精神性的虚拟天地。魏晋文人所以特别地钟爱琴,显然与当时黑暗的政权压迫有关,参照鲁迅的论断稍加补充似乎可以这么说,书、琴以及药、酒、梦……一同成为文人的遁世之道。在这个虚拟的天地之中,文人的精神得到张扬和畸形的发展，形成黑暗社会中的灿烂星空而被冠之以魏晋风度。我觉得在描述和阐发魏晋风度即文人的隐退、文人的放浪形骸、文人的寄情自然、文人的玄想清谈时，千万不能忽略琴的存在。琴在当时与魏晋风度有着内在的一致，比如"抱琴看鹤去，枕石待云归"；"目送飞鸿，手挥五弦，俯仰自得，游心太玄"，不正是这样一副意态么？

琴心的自觉确立，可以说自魏晋始了。于是琴作为积淀着文人情趣的物件而更为历代文人所钟爱了。"近来心更静，唯有一琴横"，有时真到了偏执得近乎玩物成癖的地步。苏轼每得一把琴，必反复把玩，闻说有不同凡响之琴，必千方百计以求一观。他自己所藏的许多名琴，皆一一取名并撰铭以记之。明王逎定也曾这样自谓："余幼即嗜琴，闻四方有蓄必造观。"琴在文人眼里是有灵性的。琴在那里，不必去奏，本身就是一种境界，琴心琴心，心与琴契，二者便可以作无声的交谈。而一旦演奏，又必定会造成一种演奏的氛围，这种氛围不是宫廷演奏的豪华，也不是职业演奏的商业化，而是设定某种清幽的环境，俟候某种宁静的心态，它往往是傍近自然的自适之地。白居易常在这时弹琴："月出鸟栖尽，寂然坐空林。是时心境闲，可以弹素琴。"王维则这样："直事披三省，重关秘七门。广庭怜雪静，深屋喜炉温。月幌花虚馥，风窗竹暗喧。东山白云意，兹夕寄琴尊。"或者"酌酒会临泉水，抱琴好倚长松"；或者"独坐幽篁里，弹琴复长啸，深林人不知，明月来相照"。王维弹琴似乎总需月来相伴。由此可知：一是文人弹琴的私人化——本来音乐是面对公众的演奏，是一种双向交流，而到了文人这里，则变成了自诉，变成了独白。实际上，这里已近乎"反音乐"了。第二点即不管是月也罢，水也罢，松也罢，

分割的空间

云也罢,文人弹琴追求的是与自然的融合,弹琴并不仅仅是弹琴,即不仅仅是按照乐谱在琴上弹奏出乐音这一操作,它包含着弹琴之外的种种构成,多方面地组合成一种诗意化的生活;而这诗意化的核心似不在琴声上,琴声是一种通道,文人由琴声而去体悟自然。文人们认为琴的制作即采之自然,桐木、丝弦莫不是自然之赠,因而可以通过弹琴而与自然相接。所以,白居易说道:"心积和平气,木应正始音,响余裾动息,曲罢秋夜深,正声感元化,天地清沉沉。"诗人显然通过弹琴与自然之化取得了默契。因而,文人们从琴中听到的绝非乐曲,而是自然之声,若达不到这种境界,断不能算是明乎琴心的。请看他们的体味:"蕙风入怀抱,闻君此夜琴。萧瑟满林听,轻鸣响涧音。"(谢朓)"初疑飒飒凉风动,又似潇潇暮雨零,近比流泉来碧嶂,远如玄鹤下青冥。"(孙氏)"碧山本岑寂,素琴何清幽,弹为风入松,崖谷飒已秋。"(刘希夷)谈到这里,若再引入文人生活的其他背景,对琴心中之自然当会有更深的领会。中国文人在作画(文人画)讲的是"外师造化,中得心源"。这"外师造化"并不仅仅是以自然为师,为摹本,而是力图通过绘画再造一自然。中国文人写诗亦讲求得自然之音画,追求的也是同一境界。前面说魏晋风度实即制造一虚拟世界,其实这一说法并不透。说透了,这虚拟世界的本质仍是回归自然,与自然的接通使文人们忘记世俗,超脱有限,参透世事人情而获得内心的绝对平和。"高台月色深,月下闻清琴。能使座中客,俱生尘外心。"(允禧)音乐和诗歌、绘画一样,在文人的精神生活中共处于相同的层次。与诗画一样,琴心到极致处已带有相当浓郁的禅意,因为乐意与自然"天地秘藏之理"毕竟是两回事。前者有声,后者无音,前者有迹可循,后者无形可依。从有形往无形的过渡是一个过程，这一过程首先开始于文人化音乐的执着，力避世俗的污染。所以，文人的琴曲往往与世相悖，难寻知音，即所谓曲高和寡。当然，他们并不在乎这一点："从来山水韵，不使俗人闻。"王绩说道："我琴不悦耳，能作淡泊音，本非求人知，我自写我心。"接着就要"参"了，即从有声往无声超越。苏轼以佛家偈语的方式启发道："若言琴上有琴声，放在匣中何不鸣？若言声在指头上，何不于君指上听？"他设计了一个悖论，以琴为一极，再以人（指）为另一极去推问琴声究竟来自哪一极，这一发问表面上看仿佛简单，不少人以此作为艺术为主客观统一的论据，以为琴声是人（指）与琴的结合，而这恰中了苏轼的圈套。因为它经不住三问，二者中究竟声出何处？如果回答仍处于同一层面，必同语反复，回环无穷。其实，了解一点禅机的人，就会知道偈语的答案必定要从偈语之外去寻找，琴声既不在人（指），亦不在琴，而在两者之外。禅语讲反出，苏轼的机趣无非是琴声已非琴声。粘着于琴声是不会真正知道琴声（琴心）的。欧阳修比苏轼老实，他不去兜圈子捉弄人而以平实的说法正面阐发道："音如石上泻流水，泻之不竭由源生。弹虽在指声在意，听不以耳而以心。"以耳听只能听到有形的声，只有以心去听才能悟到真正的"天籁之音"（欧阳修在此以流水去象征自然，这实际上也是禅家的路数）。这样，有形的琴声已不重要，关键是要有一份琴心。有一份琴心，即或不弹琴，也可以听到"琴声"、味到琴趣，实即领略大自然的机理。这个道理好像陶渊明也曾说过："但得琴中趣，何劳指上声。"陶渊明那么喜欢琴，然而他并不会弹琴。萧统《陶渊明传》说："渊明不解音律，而蓄无弦琴一张，每酒适，辄抚弄以寄其意。"这种事大概也只会在文人身上才有。

分割的空间

白居易说得明白一些："置琴于几上，慵坐但含情。何烦故挥弄，风弦自有声。"《菜根谭》云："人解读有字书，不解读无字书，知弹有弦琴，不知弹无弦琴，以迹用不以神用，何以得琴书佳趣？"意思也参差几近。到了这一步，似乎就到了老子所说的"大音无声"和庄子"至乐无乐"的境界了。老庄认为，能见到能听到的总是有限的，真正的音乐不是能听到的。所谓"视乎冥冥，听乎无声，冥冥之中，独见晓焉，无声之中，独闻和焉"。为了能与天和，接近至乐，庄子举例的办法正和陶渊明白居易一样，可见庄子是陶白的先河："果且有成与亏乎哉？果且无成与亏乎哉？有成与亏，故昭氏之鼓琴也；无成与亏，故昭氏之不鼓琴也。"郭象解释说："夫声不可胜举也。故吹管操弦，虽有繁手，遗声多矣。而执鸣弦者，欲以彰声。彰声而声遗，不彰声而声全。故欲成而亏之者，昭文之鼓琴也；不成而无亏者，昭文之不鼓琴也。"而这大音，这至乐，这无所成无所亏之声是什么呢？显然是自然之道了。庄子说道："天地有大美而不言"，自然是最伟大；然而，"天何言哉？天何言哉？"有声的琴声是有限的，只有无声之自然才是无限的，以有限去表现无限只能是对无限的损害，反不如以沉默去体味无限的本源。这种观点竟与现代西方哲学不谋而合了。维特斯根坦就说，符号世界（广义语言，包括音乐等）是有限的世界，我们只能表达有限的我们能表达的，而对有限之外的无限我们是无能为力的。他又指出，我们运用了符号去表达，于是有限的符号便限制了我们；同时，符号作为被表达的替代总在一定程度上损害了被表达者。这位西方哲人因具有了这样的哲思而在思想方法和智慧风貌上表现出与中国古典文人惊人的相似：喜欢玄想，喜欢沉默，热爱感性，注重直观……这是很值得玩味的。

扯远了。最后的结论是不是可以这么说：琴心乃是中国文人对自然之道的敏悟？一种诗意的精神生活？

曲终人不见，江上数峰清。

分割的空间

画楼棋罢一窗山

　　文人喜欢下围棋当和别的趣味有所区别,因为追根溯源,实际上是遵循了圣人之训的。孔子说过:"饱食终日,无所用心,难矣哉!不有博弈者乎?为之犹贤乎已。"(《论语·阳货》)孟子也讲过一个弈秋的故事。不过,文人一旦下起棋来,这棋就别有一番讲究,与常人不同了。所以,在古人眼里,棋被分成了两类,一为"市井之棋",大约指职业的和民间业余的;另一类则为"士大夫棋",指的就是文人的棋。(见《耕蓝杂录》)

　　文人对棋中天地的领悟,或者更恰当地讲,文人对博弈的渗透和重新解释直至使这一游戏获得文人的品格是有一个过程的。从理论上讲,每一个文人都存在这一个对棋的征服问题,他们在博弈的开始阶段都面临围棋规则的严格、盘格的森严、死活的规矩以及围、追、堵、杀等等,这与文人的自由、儒雅和热爱生命等等确实不太合拍,所以,当文人不能超越这些时,他只能是规则的俘虏从而陷入生死拼杀的幻境中不能自拔。因此,文人对棋中世界的最初领会与常人并无太大的区别,生死、胜负总在考虑之中:"对面不相见,用心如用兵。算人常欲杀,顾己自贪生。得势侵吞远,乘危打动赢。有时逢对手,当局到深更。"(杜荀鹤《观棋》)围棋在这样的意义上和用兵打仗别无二致,博弈与用兵、与权术联系在一起,汉魏不少文人所作围棋赋大都本此用心,在这里,博弈成为一种象喻或代码,所谓:社会大棋盘,棋盘小世界。而对个人来说,它又成了一个替代品,成为人性之中攻击本能的宣泄的工具,在游戏中,人类潜在的攻击、冒险等欲望得到了刺激和满足。

既然围棋的这些规则和性质是与文人性相左的,既然这样的操作只能使人的动物性本能得以强化,一些清醒的文人便认为围棋是不合"仁义"的,读书人应避而远之:"钓水,逸事也,尚持生杀之柄;弈棋,清戏也,且动战争之心。可见喜事不如省事之为适,多能不如无能之全真。"(洪应明《菜根谭》)皮日休特作《原弈》,反对围棋为尧舜之发明创造的说法,指出为弈的种种弊端:

> 夫弈之为气也,彼智乘之,害也。欲其利内,心先攻外,欲取其远,必先攻近,诈也。胜之势,不城池而金泯焉;负之势,不兵甲而奔北焉。胜不让负,负不让胜,争也。存此免彼,得彼失此,如苏秦之合纵,陈轸之游说,伪也。若然者,不害则败,不诈则亡,不急则失,不伪则乱,是弈之必然也。

其害若此,君子不为!因此,文人明白这一点后首先想到的是退避,实在控制不住,就看,作壁上观。清代李渔是个极懂生

分割的空间

活与艺术的人，他就反对着棋，认为着棋有害身心，他说："棋必整槊横戈以待，百骸尽放之时，何必再期整肃，万念俱忘之际，岂宜复较输赢？常有贵禄荣名付之一掷，而与人围棋赌胜，不肯以一着相饶者，是与让万乘之国而争箪食豆羹者何异哉？"因而，他认为"善弈不如善观"，"人胜而我为之喜，人败而我不必为之忧，则是常居胜地也"，这话确有一定的道理，棋内棋外的区别确实很大，在棋内，生死攸关，在棋外则不妨超脱。《能改斋漫录》中记载一典故，宋谢密平常"性情宽博，无喜愠"，但坐到棋旁就不同了，一次他与朋友下棋，对方"西南棋有死势"，没有看出来，旁边一个人便借了句现成的话说："西南北悫，或有覆舟者"，朋友一下子听出了弦外之音，把棋救活了，这时的谢密顿失素常脾性，竟然"大怒，投局于地"，这是着棋害人的一例，可见善弈不如观棋。不过，此种超脱不是真正的内在的超脱，它是外在的，不自然的，强迫的。而且，透过这"善观"的现象，我们可以发现，在本质上它与直接参与对弈是一样的，至多是五十步与一百步的关系，是"看客"与"刽子手"的关系，后者以搏杀获取愉快，前者以观赏搏杀获得愉快，二者同出一源。因而，本质的超越应是对围棋规则和性质的重新解释，而不是下与不下。认识到这一点，才算得上是登堂入室，有点士大夫棋的气象了。

对围棋的重新理解和解释主要是从以下几个方面进行的，一些文人首先从本源上对围棋做了界说，即围棋的构造并不意味着对战争的模仿，围棋的操作的最初目的也并不相类于兵家的生死与胜负，围棋对应的是我们对自然的抽象，围棋的每一次操作只不过是对世界变化的可能性的探索，是对不可见的自然之道与社会之道的领悟。张靖在《棋经十三篇》之首《棋局》中说：

> 夫万物之数，从一而起。局之路，三百六十有一。一者，生数之主，据其极而运四方也。三百六十，以象周天之数，分而为四隅，以象四时。隅各有九十路，以象其日。外周七十二路，以象其候。枯棋三百六十，黑白相半，以法阴阳。……局方而静，棋圆而动。自古及今，弈者无同局。传曰："日日新。"故宜用意深而存虑精，以求其胜负之由，则至其所未至矣。

这实际上可以看做对围棋的哲学思考，内中包含这驳杂的儒、道、阴阳家的思想。张靖说得很明白，下棋不仅仅争胜负，而应超出胜负上达到宇宙人生的领悟。因此，对"市井棋"来说，胜负心是一个棋手必备的品格，而对"士大夫棋"来说，恰恰要放弃这种胜负心，对弈已同于坐禅悟道："拂局尽捐时，能因长路迟。点头初得计，格手待无疑，寂默观遗景，凝神入过思。共藏多少意，不语两相知。"（释于兰《观棋》）事物就是那么富有辩证法和戏剧性，若是真正超越了围棋的有形规则，超越了胜负的时速性质，下棋与观棋的区别倒不存在了，甚至，会不会下棋、懂不懂棋理规矩都不重要，因为这时对棋的领会已不在多寡、胜负、死活上，而在对棋路变化、黑白对比甚至弈棋行为的关照和体味之中，体味这里的兴会与趣味。苏东坡与袁宏道都不会下棋，但又都喜欢看棋，既然不会下棋，看棋又能看出什么门道？这确实超出了世俗的理解，然而你又不能不承认他们的智慧，不能不承认他们似乎才是真正懂棋的。袁宏道说："谁能黑白间，悟得远公禅。"（《元日方子公对弈》）他于棋中悟出的竟是佛家对生命的见解。而苏东坡呢？则更加微

分割的空间

妙,他在《观棋并引》中说他不会着棋,但儿子非常喜欢,当儿子与客人下棋时,他便端坐一旁,聚精会神,兴味盎然。苏东坡不会下棋,那他看什么?他说:"纹枰坐对,谁究此味。空钩意钓,岂在鲂鲤。……胜固信然,败亦可喜。优哉游哉,聊复尔耳。"这岂止是在悟棋,这是在悟世道人生,甚至不妨看作苏东坡人生经验的夫子自道。有时会下棋的反而不及不会下棋的,事情就是这么怪。其关键就在悟性,一种功夫在棋外的智慧与涵养。

经过文人的上述解释和改造后,围棋成为文人生活中不可或缺的东西,而一旦真正进入了文人的生活,围棋的许多品格又不断被发掘和改造,使之发挥出更具诗性的趣味。比如,文人发现对弈是一个易于进入幻境的通道,一旦坐到棋枰旁,身边的世界便被抛在一边,远虑近忧,一切痛苦,功名和俗务都可以暂时不予考虑,对弈成了一个抵御世俗的堡垒。文人因此给下棋一个形象的说法:"坐隐",把下棋与隐逸摆在一起,表明了在文人看来二者具有异曲同工的效果:"竹影风轩外,楸枰石子声。暂凭闲调度,消却苦经营。"(袁宏道《看诸友弈》)棋和琴、书、酒、钓、茶、药、自然等等一起共同构成了文人化的虚拟世界,文人在其中乐而忘返,去愁离苦:"采药归侵夜,听松饭过日。荷竿寻水钓,背局上岩棋。"(杜光庭《山居》)"酒壶棋局似闲人,竹笏篮衫老此身。托客买书重得卷,爱山移宅近为邻。"(徐夕寅《寓题》)"童子穿云晚来归,谁收松下著残棋。先生醉卧落花里,春去人间总不知。"(王安石《访隐者》)对弈是一个无言的长时间的过程,而这一长时间的过程对于对弈者来说却浑然不觉的。这种对时间的"忘却",在文人那里显得大有意味,意味来自两个方面:一是对时间的永恒性的领悟,它来自于一种心理上的错觉,着棋之前,一起处于对时间的正常的感知中；而一旦着棋，由于精神专注，时间的意识消失；当棋局终了之时，弈者又回到正常的时间感受中。隔着一段空白时间，弈者处于弈棋前后的时差对比之中，那段空白，会令人感到无限的悠长和深邃，它是一种"静止"，凝固了，显示出恒常，而当你处于这种空白之中的，外界又悄然发生了变化。这种对心理上的错觉被文人通过丰富的想象加以夸张，《述异记》中"烂柯"的神话就表达了棋中方一日世上数百年的神话般的时间观。这个故事被后代文人画家反复歌吟描画，把玩不尽，如徐渭《题王质烂柯图》说："闲看数着烂樵柯，涧草山花一刹那。五百年来棋一局，仙家岁月也无多。"以遗憾的口吻表露出对永恒世界的向往。有时它也与神仙道教交织在一起，成为文人生活中经常性的话题。文人在棋中对时间体味的第二个方面是具体的，即通过棋里棋外的时差感去领会超越有限时间的欢欣。对苦难深重的中国古代文人来说，超越时间即意味着逃避苦难："青山不厌三杯酒，长日惟消一局棋。"（李远《句》）杜牧在《送国棋王逢》中这样打发自己的时日："玉子纹楸一路饶恕，最宜檐雨竹萧萧。……浮生七十更万日，与子期于局上销。"

所有这些，大概可以说是"士大夫棋"的境界了吧。它显然违背了围棋的规则，舍弃了目的，而专注于过程；它保留了围棋游戏的外表，而以文人的趣味从里面进行了解构和重建。这本身就显得意味深长和难以说尽。

酒散风里棋局，诗成月在梧桐。

分割的空间

思想的自由

个人的阅读命运和处境如果套用庄子的话来讲可以说是"生有涯而书无涯",不谈别的,单单未曾读过的名著就不知有多少,比如手头这本已被读书人谈得透明了的沃尔芙的《一间自己的屋子》就是,书薄薄的,只有七万字,放在书架上也已好多年了,可就想不起来为什么总是没有去翻它。

译文不算好,很有一些白话文刚起时的味道,古不古,欧不欧的,许多译名都是别出心裁另起炉灶而不用通译。单就译文而言,实在难以想象沃尔芙的风采华章到底是什么样子。

对于已被谈得透明了的书有什么阅读的意义呢?还有什么谈论的意义呢?这种疑问固然会令人沮丧和委屈,但也可以造成一种新的阅读心态,一种没有负担的心态,而当你不必全神贯注地去思索某本书到底讲了什么,我又该如何转述时,谁又能肯定在那漫不经心的浏览中不会发现新的哪怕是很细微的景观呢?

紫金文库

　　这种方式其实很适合沃尔芙，适合沃尔芙这类本是作家而又时常客串去讲些理论的写作者，这样写成的作品几乎没有太强的逻辑，写作者老是忍不住地要去讲故事，要去推测、想象和唠叨，一扯开去简直忘乎所以，因而那些与主旨若即若离的只言片语又是多么聪明啊。

　　沃尔芙有许多新奇而有趣的想法，比如，她发现19世纪之前女人的命运简直糟糕透顶，在现实社会无法与男子比肩，但几乎从古希腊起，在戏剧、诗、小说中，女人却与男人一般，个性鲜明、光彩夺目，男人在现实生活中不把女人当回事，却在虚构的世界里唱着女性的颂歌，这种事情发生在女性身上自当会作为所谓"替代性满足"来理解，而放在男性身上，就奇怪了，沃尔芙皱着眉头讲不出个所以然。我不知道沃尔芙对中国了解多少，假如她对中国古典文艺了解一点的话，她会发现中国的情形也差不多，不过，假如她对中国古典文艺了解得再深一点的话，她会发现中国的情形又是另一回事儿了，中国古代的诗人们在作品中写出了那么多漂亮的女孩子，可是又有几个是真正的女孩子呢？所谓"香草美人"，那都是诗人们自己，诗人们戴着女性的面具，载歌载舞，看上去五色缤纷如彩蝶穿花，而其实不过是一场假面舞会。面对这样的情形沃尔芙会怎么想呢？她会对东方更加失望吗？不仅对东方女性的"失语"失望，而且会进一步对东方男性的"假语"失望。

　　现在毕竟与过去大不一样了，不仅是沃尔芙，就是我们也感到无限欣慰，女性的话语已越来越接近于社会的中心话语了，女性小说，尤其是女性散文在今天有如春草在无边地滋蔓，不过我以为，沃尔芙对妇女写作的忠告仍然具有警醒的意义，面对英国男性写作权力的支配，沃尔芙对她的姐妹们说，最重要的是拥有你自己，面

分割的空间

对那些"文化警察"她自豪地说:"你不能用门、用锁、用门闩把我的思想的自由锁上。"是的,最宝贵的就是这份"思想的自由",我们的女性作家拥有这份"思想的自由"吗?现在已没有那些文化警察了,男性作家不但不对女性写作者指手画脚,而且恭维有加,然而,我们的女性作家还是表现出骨子里的"女为悦己者容"的作为第二性的先天的劣根性,一种小家子气的、糖醋式的商业化写作日渐成为女性写作尤其是女性散文写作的主流,面对流行趣味,女性正在出让自己思想的自由。

没有负担的阅读应该是轻松的,没想到却引出了牢骚,就此打住吧。

紫金文库

美术馆里的列维坦

北京有一个地名，叫沙滩。沙滩没有一粒沙，有的只是一条路。路的顶西头有一个书店，那就是叫得响的"五四书店"。沿着五四书店的人行道往东走不远，是北大旧址红楼。再往东，就是美术馆了。

四月的北京天气有点反常，用燥热来形容一点也不过分，姑娘们已经穿上了短衣短裙，阳光亮得逼你的眼。然而走进美术馆，外面的世界仿佛就远了。我由此想到，对于一个城市来说，不可或缺的景观与处所应该是博物馆与各式各样的展馆。城市是什么呢？我觉得城市就是各色人等的聚合，是各种活动的漩涡，是机会，是欲望，是流动不息，飘忽不定的景象。总之，城市永远没有历史，城市永远是现在时。正因为如此，博物馆和各式各样的展馆就显得尤其重要了。如果你长时间地仔细打量它们，你会觉得有点奇怪的，它们是与城市格格不入的历史与过去时。城市是动，这里是静。城

分割的空间

市是平面，这里却提供深度。它就是以与城市异质而为城市所必需。城市人有疲惫的时刻吗？城市人有超脱的向往吗？城市人有精神的需要吗？博物馆与展馆正为此而设，它们是城市膨胀着的欲望的分流处，是城市得以生存的减压装置。当我这么想着走进美术馆时，就有一种从城市的流水线上抽身出来的轻松，而且当我看到正在展出的是列维坦以及他同时期的画家的风景画时，心里不禁感叹道，这对于一个城市来说，是多么的相宜。

这些作于100年多前的油画静静地垂挂在那里，有一些已经有了深深的裂纹，它们首先让你感受到的是时间。每幅画的下面都有一个小牌子，上面写著作者的名字、作品标题和创作日期，于是你读到的是1868、1880，或是1899，这些数字让你的想象沿着时间这根线倒退100多年。站在它们面前，平静地看它们的每一块色彩和每一根线条，看100年前的手曾经在这个位置也许是随意的、也许是着力的一笔，心中的沧桑感便油然而生，因为这平常的一笔讲述的是一个世纪前的故事，是时间留下的一个痕迹。

陆陆续续，有一些人进来，有一些人出去。有长时间伫立于一幅面前不挪动的，也有走马观花、匆匆而过的；学生模样的拿着纸笔在临摹，在"禁止拍照"的标牌下有人偷偷地按动快门。不管是以怎样的方式，他们都在面对列维坦，面对一个生活在上个世纪的人对自然的描摹，感受着透过他的眼睛和画笔展示出来的十九世纪北回归线以北土地上的自然之物。那是湖中微微颤动着的水和云的倒影，是暴雨到来之前的浓云密布的天空和潮湿的空气，是落满枯叶的林中小径和孤独的猎人与狗，是茫茫雪原中透出一星灯光的小屋和它袅袅的炊烟……面对它们，人便不知不觉地拉近了与自然的距离，你能感到它们是朴素的，然而又是深沉的，你也能感受到画家在对自然细致入微的体察中包含了多少对自然的热爱,当自然的瞬间变化、人类的永恒情感都浓缩在一张画布上的时候,你只能为之而感动。

不过,也只是感动而已,现在,还有谁去做列维坦呢?城市人就是这样,他们有许多许多的事情,但他们还是抽空来看了美术馆的列维坦。

分割的空间

想象的代价

因为我的女儿,我重新走近了安徒生,走近了这个相貌平常、生性腼腆但却用他温柔善良的声音感动了一代又一代,一个国家又一个国家的人。

在柔和的灯光下,我捧起了这本《安徒生的童话选》,我的身边正躺着全神倾听的女儿,我的声音在屋子里飘荡:"在海的远处,水是那么蓝,像最美丽的矢车菊的花瓣,同时又是那么清,像最明亮的玻璃。"《海的女儿》就这样开始了。虽然现在关于安徒生的童话有许多的版本,但我仍旧最爱这早年的叶君健译的本子,书已经很旧了,但唯有那发黄的纸页才能把我带回童年的岁月,唤回我初逢安徒生的温馨时光。

女儿在那一片蓝蓝的大海里渐渐睡去,我翻开了康·巴乌斯托夫斯基的《金蔷薇》,在第172页是关于安徒生的《夜行的驿车》,借助想象,巴乌斯托夫斯基写出了安徒生一段夜晚旅行的经历。那是一辆在十九世纪的欧洲经常见到的驿车，它将在一个雨季的夜晚把贫困的安徒生从威尼斯带到维罗纳去。驿车在泥泞的平野上走着，车头上白铁灯里的蜡烛头跳跃着忽明忽暗的光亮。巴乌斯托夫斯基在想象和真实之间穿梭，他把我带进了安徒生生活的世界。在那里，这位"消瘦的、风雅的、鼻子细巧的先生"让我感到亲切，让我觉得安徒生不仅创造了丰厚的童话作品，不仅给我们留下了如此阔大的想象的空间，而安徒生本人就是一个生活在童话世界、生活在想象世界里的人。

驿车在黑夜里穿行，"现在夜的黑暗比阳光更使人感到惬意。黑暗让他安静地思考一切。而当安徒生想得厌倦了的时候，这黑暗常常帮助他编出各种他自己作主人公的故事来。在这些故事中，安徒生总把自己想成是一个漂亮、年轻、生气勃勃的人。"巴氏的这一段描写，让我想起了安徒生的许多童话，想起那些无不英俊、漂亮而又心地善良的王子，在现实中无法办到的事情，安徒生在童话中办到了，或者说，安徒生就是一个游离于现实世界的人，他像一只漂泊不定的小船，从这个城市飘向那个城市，在漂泊的行程中，编织出自己五色斑斓的梦。他是一个写作的天才，任何一个偶然的契机都能使他产生出飘逸的灵感。"这正好像他的一篇故事里所描写的一样。一个古老的魔箱，盖子'砰'的一声飞起来了，里面藏着神秘的思想和沉沉欲睡的感情，还藏着所有大地的魅力——大地的一切花朵、颜色和声音、郁馥的微风、海洋的无涯、森林的喧哗、爱情的痛苦、儿童的咿呀声。"在巴乌斯托夫斯基的笔下，这些童话世界的诞生又是如此的轻松、愉快、不拘小节和富于传奇色彩："当汉斯·安徒生住在旅馆里的时候，在一个锡制的墨水瓶里还剩下了一点墨水。他开始用这点墨水写一篇童话。但是这篇童话

分割的空间

眼看着一会比一会白下去,因为安徒生已经往墨水里掺了几次水。不过仍旧没能写完,于是这篇童话欢乐的结尾就留在墨水瓶底里了。"

然而,巴乌斯托夫斯基接下去所讲述的故事却让每个人懂得,想象和写作是需要付出代价的。

这是一幅富有浓郁的郁金香和草莓气息的场景,三位陌生的姑娘来到了安徒生的身边,在巴乌斯托夫斯基的暗示下,我仿佛看到了安徒生微红的脸颊和那双闪闪发亮的眼睛。黑夜遮盖了他的羞涩和窘迫,黑夜又给了安徒生勇气,安徒生是一个多么多情而又敏感的人啊,他能在什么也看不见的黑夜看见姑娘美丽的面容,一直看到她们的内心世界,那青春的、隐秘的、悸动的角落。姑娘们怎么也没想到,自己珍藏着的那份秘密竟然是于一次偶然的旅行中在一辆夜行驿车里让一个陌生的小伙子给揭开了。

其实,姑娘们不懂,揭开的不仅仅是她们的爱情面纱,而且更是安徒生自己躁动不安的灵魂,黑夜总是给人以虚幻的不真实的感觉,在这虚幻的情境下安徒生才如此敞开了自己。仔细想来,驿车上的这次浪漫之旅不过是安徒生生活中的一次"拟童话"。

天亮了,一切也随之结束。在维罗纳,安徒生惴惴地吻别了叶琳娜·瑰乔莉,同时,悄然而又痛苦地关上了爱情的闸门——这是第几次了呢?恐怕连安徒生自己也记不清了。

——只有痛苦的人才会涌出希望吧,也只有痛苦的人才会有那些对幸福的奇异的想象,设若安徒生是一个生活优裕、感情上也得到满足的人,大概就会干涸了希望的源泉,更不会振起想象的翅膀。当然,即或对安徒生那个时代的人来说,痛苦与艺术的这种连体关系也已是常见的道理了,但对一些人来说,它们获得的是被动的、无奈的，而在安徒生，却是主动的和自觉的选择。安徒生临终时对一位年轻人说道："我为我的童话，付出了一笔巨大的、甚至可以说是无法估计的代价，为了童话，我放弃了自己的幸福……"

多么令人尊敬和感动。

在静谧的夜晚，我因之而对安徒生思之再三，我不知道别人曾否如我一般闪现过对大师无声的疑问："您幸福吗？您遗憾吗？"

俗人如我，是无法体验大师的人生至境的，但我必须欲告知我的女儿，不仅仅让她与安徒生的童话世界同在，而且，要让她永远记住大师启程天国前的最后忠告：

我的朋友，要善于为人们的幸福和自己的幸福去想象，而不是为了悲哀。

分割的空间

有一个书斋，起一个雅名，好像已成了读书人的惯例和通病。既然如此，自己也就不能免俗。没有书斋的时候，想着有个书斋；有了书斋，又想起个好名。

起初书并不很多，只有一橱，满打满算，也不会超过四百本，但每本都很珍惜，用厚厚的牛皮纸很仔细地包好。因为屋子很潮，黄梅天书变得软乎乎的，一到大暑，第一件事就是把书搬出去晾晒。两张长条凳，搁上竹榻，书安静地躺在上面，风一来，便哗哗作响。

有一次读叶灵凤先生的一篇文章，里面引了斋藤昌三的一段话，印象特别深，说书斋是生长着的。感觉很像一棵树，从小小的树苗，慢慢地就枝繁叶茂起来，干也粗了，纹也深了。我的书的确是一天多似一天，一年多似一年。好像也就是转眼的工夫，竟有了先前的四五倍。从卧室里挤出一块地方，也就五六平方米吧，用两张书橱，两个书架，隔出了一方天地，虽说只有半间，但放上桌和椅，真正能算得上一个书斋了。半间书斋光线很差，唯有一扇小窗，所以通常是要开灯的，去角落里找书，还要把台灯挪到地上。天气好的时候，阳光从外面斜射进来，粉尘在光影里飞扬，空气中也有了太阳的味道，这时候，坐在里面读一本好书，的确是一件非常惬意的事，当时就想着一个词："坐拥书城。"

"二人转书屋"的名字就是这个时候起的，就是说它小，说它转不过身来，想容下两个人都很困难，所以我们得轮流作业。但不管怎样总算有了书的栖身之地，书还在一本本地往家买，当时就想，什么都可以省，只有书省不得。"身在尽余容膝地，囊空频散买书金。门无俗客城中驾，坐有清风石上琴。"李东阳的诗似乎给了我们很多的宽慰，坐在书屋里，常常读到古人，想到古人，比如匡衡，穷得连一支蜡烛也买不起，只能凿壁偷光，而且不惜以作杂役为代价，只为遍读主人的藏书，那样的人真是可敬。比如陆游，室内之书"或栖于椟，或陈于前，或枕藉于床"，"乱书围之，如积槁枝"，乱糟糟的屋子因为是书的缘故反倒高雅起来，不难看出其中的得意。再比如尤袤，对书的形容是"饥读之以当肉，寒读之以当裘，孤寂而读之以当友朋，幽忧而读之以当金石琴瑟"，什么都是无所谓的，只要有书足矣，有"四当"书斋足矣，这样的人不是"书痴"吗？

也许是因为身处小城的缘故，每每出去就要买一批书回来，书架终于又容不下了，于是就想着向高空发展，墙高二米七，新打的书架直到二米六。书一下子顶天立地，站满了一面墙。里面一层，外面一层，看上去颇有些架势。书架前的照片也多起来，朋友来了，学生来了，书架总是最好的背景。

分割的空间

闲着的时候，常常怀想起过去幽暗逼仄的半间书斋，虽然小，虽然暗，但却有一种温暖。谷崎润一郎理想的"书院"就是晦暗的，"纸拉窗透进来的白蒙蒙的微亮，往往使我伫立观赏而忘却时光的流逝"，"二人转书屋"给我的感受正是如此，当然还不仅仅如此。那一次心血来潮的分割，只是一个偶然的念头，而书斋生活却上从那时开始的。后来看到列菲伏尔关于日常生活的一段话，他说："日常生活的平凡事件对我呈现出两个方面：一方面是个人的偶然的小事；———一方面是比起这件小事所具有的许多'本质'来无限复杂而且更为丰富的社会事件。"偶然的分割，把原先杂乱混一的空间格局给打破了，按列菲伏尔的思路想下去，空间的分割其实是表面的，真正被分割的是自己的生活，书屋虽小，但它获得了独立，得到了强调。

读书人的生活总是与书有关，读书人之所以珍爱自己的书斋，是因为为内中有书，书斋是一个物质化的存在，也是一个精神化的符号。苏青在《自己的房间》里说："现在，我希望有一个自己的房间。……我的房间，也许狭小得很：一床，一桌，一椅之外，便再也放不下什么了。"这个房间虽然不是书斋，却是读书人的理想，因为"全世界的人都不注意我的存在，我便可以自由工作，娱乐，与休息了。"卡夫卡的日记中这样写道："我经常想，我最理想的生活方式是带着纸笔和一盏灯在一个宽敞的闭门杜户的地窖的最里面的一间里，饭由人送来，放在离我这间最远的地窖的第一道门后。穿着睡衣，穿过地窖所有的房间去取饭，将是我唯一的散步。然后，又回到我的桌边，深思着细嚼慢咽，紧接着马上又开始写作。"这样看来，书斋又不一定非要有书了，只要有一间屋子，让知识者保持一种生活方式和生存姿态，有一个分割的空间，一切都解决了。

　　再细想想,是不是一定要有一间屋子呢?当我们与一本好书相遇,我们会与它融为一体,这不是书斋吗?当我们云游四方、居无定所,而有书在胸,这算不算书斋?马背上晨昏的颠簸,人随马走,书随人行,这也应该是书斋;坐观云动,倾听蝉鸣,看一树梧桐叶飘落而下,这书中化出的境界让自然成了最大的书斋。可见不必拘泥于形式,有形也好,无形也罢,关键是你是否给自己一个空间,一个纯粹的心灵与精神的空间,书斋与日常琐屑生活的分与合并不重要,重要的是我们是否永久地在书的环绕之中。"结庐在人境,而无车马喧。为君何能尔,心远地自偏。"这真是一种理想的境界。

　　又要搬家了,常常会去设想新居书斋的样子。把书橱放在客厅,围一圈沙发,手边再放个书刊架?专辟一间,纯粹的单一的书斋,一壁是书,一壁是字和画,红木椅几,再摆上一套紫砂茶具?书斋的样子在脑子里换了一拨又一拨,想象中的书斋真的是很美的。

分割的空间

十年磨一书

1995年第一天的到来与以往没有什么两样,隆冬季节。第一场雪悄然无声地落下来,湿的,这与北方的雪是大不一样的,落到地上,便没了踪影,地面一点一点地变得湿润起来。

我就是在这样的一个飘着南方湿润的雪的日子里,收到了一个厚厚的邮包,它经过长途跋涉,已经破损不堪,拎起来,沉甸甸的,我的心也因此厚重而温暖。

我和汪政经过十年的写作,在评过了无数本大的、小的、厚的、薄的、宽的、窄的、精致的、粗糙的书之后,终于也有了一本自己的书。

我把它托在手里,阴凉和滑腻的感觉从我的手指尖传过,翻过来,颠过去,总觉得它太薄了,虽然它的装帧和印刷都让我满意,但它太薄了。我们在十倍于它的文字中,挑选了又挑选,才选出了这本十五万字的书。

翻开它，我看到的是一行行熟悉得不能再熟悉的文字，这些文字从脑子里落到笔尖，在整齐而又刻板的方格里生根，无生命的文字顿时因为它们各式各样的组合而鲜活起来，变成内心欢畅的宣泄，仿佛生命由此也变得丰润起来。

书中的每一篇几乎都注明了完稿的时间，我在这里非常感激出版社的编辑没有把它们删去，这些逝去的日子，都是让人刻骨铭心的，第一篇的末尾写着"1987年3月30日于如皋"，这天正是我二十四岁的生日，在那样的一个青春的世界里，我和汪政都很年轻，两个人的天地是何等的浪漫和多情，我们会冒着酷暑在图书馆闷热的亭子间傻乎乎地抄这抄那；我们会争得面红耳赤大说自己的观点谁也不让谁；我们会做游戏一般你写一节我续着写一节，这样一节一节地写下去；我们还会在写累了抄累了的时候骑着单车去郊外挖荠菜、抓小鱼……书中所收的第二篇的日子就到了"1988年5月"，这篇《第一人称研究》给我的记忆实在太深了，当我挺着大肚子抄完最后一个字把它投进邮筒之后，女儿在几天之后来到了人间。

女儿的出世给我们带来了无尽的欢乐和忧愁，我们在她羸弱的小身体面前加快了我们的写作进程，希望能用手中的笔给她一点什么。在她熟睡的空当里，我们不敢偷懒，两张书桌一前一后，两个人一个劲地埋头苦写，文章频频发表，而女儿的病也越来越重了。到了《论文人小说》，它的末尾已是"1991年春，于水绘园"，而我们真正的春天也是伴着它而到来的。感谢上苍，终于又还给我们一个健康而活泼的女儿，那支沉重、酸涩的笔由此如行云流水一般的通畅了。那篇关于《新写实》的稿子的结尾畅快而幸福地写着"1992年中秋于二人转书屋"的字样。在那样的一个中秋之夜我

分割的空间

们三个人围着桌子,脸上和心里都漾着笑,为明月干杯,为完稿干杯,为女儿的新生干杯,为和谐而温馨的家干杯!

一切真是太不容易了,走过十年写作的路,做了一回真正的人。

紫金文库

我们这一代人的特殊密码

认识一个人是要靠时间和物质来堆积的,我与北北的每一次接触,她都会给我展示她的一个侧面,于是形容她的词在我的心里越堆越多,漂亮、时尚、优雅、大方、机敏、勤奋、果敢、豪爽、才华横溢、精力充沛……可以这么说,任何一个夸赞的词用在她的身上都不为过,因为像她这样,从散文起步,转而小说,转而电视剧、电视片,转而纪实文学、地方志,而且在其中穿梭来往,游刃有余,三天两头就成一本书,同时还要当社长,当主编,也不误了逛街、淘宝、做漆画的,实在不多。

这次收到的书是《宣传队运动队》,一打开,就放不下了。这是一本关于我们这一代人的少年和青年时代的书,也是发生在中国大地上世纪六十年代末和七十年代初的故事,北北与我的年龄相仿,因而我们的经历就颇为相似,甚至于连我们的父辈的经历也有几分相似,我在读它的时候,常常忘记了自己是一个读者,忘记了

分割的空间

北北是在书写她的过去，而仿佛是在看我的人生和过去。

书的前半部写的是宣传队，后半部写的是运动队，我惊讶地发现虽然她在福建的一个公社和县城，我在江苏的一个公社和县城，而在当时，福建是一个多么遥远的地方，但我们生活的轨迹竟是那样地相像，在当时，九百六十万平方公里的土地上，是不是都是呈现着一种生活模式，都有宣传队，都有运动队，都在跳着《我编斗笠送红军》，都在练体操，打乒乓？正如作者在后记里所言："我相信不仅仅是一个人的成长记忆，整整一代人都深陷其中无从躲避。各种政治纠葛从来无孔不入地嵌入普通百姓的平常日子，它们似日出日落般强大而不可抗拒。"

北北的回忆就是建立在这样强大的政治背景下的，她的有意识地对社会状况的适时插入，以及对一些人物和故事的感慨叹喟，都加深了这部作品有的深度和厚度。但是她的叙述却不是刻板的、线性的，而是灵动的、跳跃的，这也是我十分喜欢这本书的原因。北北总是举重若轻地将那些寻常的人与事放在时代的大背景下，叙述着他们的欢乐与忧伤，她打破了时空的界限，出入于现实与过往，以回望的眼光，细细地打量着那些已经有些发黄的日子。细节的真实与生动自然是这部书的出彩之处，比如宣传队排演的舞剧《红色娘子军》的片断时没有芭蕾舞鞋的问题，就是用那种男式的塑料凉鞋来替代的，这让我想起我小时候，那个《我编斗笠送红军》的舞蹈编排得实在是太美了，所有的宣传队都是要跳的，而我们老师没有选择那种塑料凉鞋，而是让我们的妈妈或奶奶们扎那种极厚的鞋底，做成红布鞋之后，那个鞋底也是立得住的，跳起来也非常的漂亮。再比如那种只有在宣传队的人才能感受到的不同于常人的优越感，上着课，只要有人在教室外招呼，就会"立即站起，提着书包不跟任何人打招呼就径自走了出去",我也曾这样无数次地"径自走出去",不用跟上课的老师招呼,在全班同学艳羡的目光下径自走出去,小小的虚荣心竟是这样得到了满足。就是那样的一个年代,"一切为宣传队让道,这是全校的共识",也是我们那一代人的特殊密码,我们在无意间成为政治机器上的一颗小小的螺丝,跟着机器旋转,以至于当这个机器不再旋转的时候,我们才突然发现这颗螺丝已经生锈了,在缺席了一堂堂文化课之后,我们面对突如其来的高考真的是束手无策,其实不只是课程的问题,而是那一颗早已静不下来的心,难以应付一场场安安静静的实力比拼。

父亲这个角色在这本书里有着举足轻重的地位,北北不仅通过他表现了我们的父辈的生活和内心世界,而且他们也成了我们这一代的人生导演。与我们少年时的浑浑噩噩相比,父亲这一代人是有他们的想法和追求的,而且往往他们的追求也往往是通过我们这一代人去实现的。父亲作为一个历史上有瑕疵却又很幸运地任一地方官员的人物,他更多地是以自己的兴趣和特长在那个特殊的年代里求生存的。他爱文艺,更爱运动,他有与生俱来的浪漫情怀,更有适者生存的智慧,他竟然会在一个镇上成立一支像模像样的体操队,挖来正规体育学院毕业的林教练,因陋就简,土法上马,并奇迹般成功了。这个体操队拿到了县、市、省的各式各样的奖牌,而父亲的人生也因此大放光彩。但是,父亲的目的不止于此,他还是一个把自己的希望寄托在下一代身上的父亲,而弟弟在体操上的天赋恰巧是可以帮助父亲完成自己的梦想的,但弟弟对那些冠军的头衔并不在意,他没有一点成就感,而只有痛苦的经历,所以,倔强的弟弟在棍棒的威逼之下依然选择了放弃,让恃强好胜的父亲黯然神伤。其实我们应该把这个父亲放在当时的社会大背景下去看,那

分割的空间

个年代，一个技能可能就是一块通向美好生活的跳板，它与事业无关，但与饭碗有关，但是幼小的弟弟是不能理解做父亲的心的，在那个年代，小小年纪就进入了省队，那只要好好练下去，不管能不能拿到全国冠军，衣食无忧是起码的，你可能会回避掉上山下乡，可能会从此端上金饭碗。在我们那一代，有多少家庭的父母为自己的几个孩子的出路绞尽脑汁，我父母就是如此，他们钻着政策的空子让我大哥远离父母进了煤矿，又把老实忠厚的二哥留在身边进了工厂，而鼓励我小小年纪就进宣传队，学得一技之长，将来或许能去个什么文工团之类的混一口国家饭吃。父母的良苦用心孩子们也许当时都不能理解，但是如今回想起来，一切都是那样的辛酸。人在时代与社会面前总是那样的渺小，尤其是当人不能左右自己的命运的时候就更加令人唏嘘不已。

最后还要特别提到这本书的封面设计，那是北北的女公子无双的作品，优美的兰花指和健壮的"水鸡肉"很好地诠释了宣传队与运动队的特点，细小的剪影般的人物是大时代的一个缩影，而结尾处无双幼年的绘画，那一派天真，让我们跳出了书中的沉重。一个新的世界已经到来。

一个人的淮安或故乡
——读苏宁的《平民之城》

六月淮安之行的收获之一是得到了苏宁的《平民之城》。这是一本让我觉得陌生的书。

在不同的场合，我曾经反复表述过这样的意思，即一座城、一方土地与一个人的关系，人与城，与土地因这种关系而互相说明，互为符号，比如雨果之于巴黎，狄更斯之于伦敦，博尔赫斯之于布宜诺斯艾里斯，保罗·奥斯特之于纽约，老舍之于北京，汪曾祺之于高邮，陆文夫之于苏州，王安忆之于上海……现在，我们是不是可以讨论一下苏宁之于淮安？因为，即以《平民之城》这一本书而言，它确实让我们认识了淮安，更确切地说，是理解、感受到了淮安，因为，淮安在苏宁的笔下不是以静态的知识的方式呈现的，而是以故事、细节、风景、人物、味道与温度呈现出来的。每一个陌生人来到淮安，都会被许多介绍包围，为许多线路所限制，它们是景点的淮安，宏大建筑的淮安，是昔日名人荟萃、今日成就辉煌的

分割的空间

淮安，但是苏宁的《平民之城》给我们带来了一个日常的淮安，是高楼背后、荒草细流、平头百姓的淮安，是有人情味与烟火气的淮安。我以为，后一种淮安更真实，更有力量。有关日常生活的理论表明，日常生活以其连续性和韧性，以及对生命与文化的巨大包含而成为历史的主体，不是每一个人都会成为伟人，不是每一天都会有非常事件发生，但日常生活却是每天的。日常生活可以没有伟人，伟人却不可以没有日常生活。将日常生活作为感知与书写的对象，看上去疏离了宏大叙事与正史，但却深入到了历史与生活的深处，与其肌肤相亲，血脉相通。所以，我们在苏宁的作品里熟悉了淮安的土地。植物流水与气候，熟悉了那里的街道与乡村小径，知道了那里衣食住行，特别是在那方水土上生活着的普通人。我十分欣赏书中那一个个普通人的故事，没有什么大起伏大波澜，乡里乡亲，一日三餐，鸡鸣垄上，鱼跃池塘，市声乡风，婚嫁喜丧，苏宁在绵绵地叙述着淮安人对乡土的眷恋，对生活的热爱，那是将清汤做出至味的耐心与精细，是守着日常的琐碎将日子过得结结实实的坚韧与平和。苏宁对淮安的蒲菜写得十分细致，是不是她以为这种植物与这道菜可以说明并代表了她对淮安的体认？

当然，我并不是说苏宁就此成为淮安的符号与文化代言，而恰恰奇怪的是苏宁并不是淮安人。一个外乡人，不远千里，来到淮安，而且又这样一往情深地书写淮安，这是为什么？故乡为什么是故乡，因为它是一个人的根，一个人的精神源泉与文化身份，所以，对故乡的书写往往与对他乡的书写是不同的，对故乡的书写是生活的书写，而他乡的书写只能是过客的书写，外在的、观光的书写，虽然这种书写给我们留下了大量的游记。但是，苏宁作为一个异乡者来到淮安，却写出了这种至情至性的文字，体察之深、表达之细让人感动。如此说来，人与城，人与土地的关系是奇妙的，故乡也可以作另一种解释，人与城，与土地是一种契合，一种相互的呼唤与寻找，一种精神上的吸引与认同，于是，故乡也许不一定是一个人的衣胞之地，而是一个人的精神家园。为什么有的人一辈子总在漂泊？为什么有的人一辈子总处在无家可归的感觉之中？可以说，他们一生都未曾拥有过自己的故乡。从这个意义上讲，苏宁是幸福的，因为淮安不只是她的人生驿站，几乎可以说是她的故乡。因此，虽说苏宁写了淮安，让人们感受到了一个真实的、活生生的、诗意的淮安，但我觉得要心存感激的却应该是苏宁，因为淮安给了她精神的皈依与心灵的慰藉，果真如此，那是值得苏宁以一生去感恩，一生去回报的。

　　文章写到这里，才想到苏宁会怎么思考这些问题，翻开后记，原来我在这里强作解人的正是缠绕在苏宁心中的问题，她说："一个人，在一个地方待多久，才可以在以后的岁月中将它唤做故乡？宁作我，岂其卿，人间走遍，你我将回到哪里安顿生命繁华落尽的那些时光？"

　　从《平民之城》开始，苏宁或许会给我们无尽的回答。

分割的空间

植物、水与生命的轮回

　　以前没有接触到林海蓓的诗作,由于时间仓促,未能补充阅读,因此,我谈论的对象只限于林海蓓的这册新作《遇见你的盛放》。
　　将这册诗集翻完后,我的第一个直觉就是这是一册关于植物的吟唱,我没有仔细统计过,印象中,几乎每一首都与植物有关,更不用说那些整篇都是以植物作为吟咏对象的了。如《我记得那一片树林》《桂花雨》《菖蒲》《莲香入梦》《草的重量》《五月的橘花》《荷花塘》《草香入眠》《橘花》《植物的奢望》等等。这让我想起中国古典诗歌的美学传统,从源头上说,自《诗经》《楚辞》,植物都在诗歌的总感觉图谱中占有大量的比重,有人对中国古典诗歌进行过植物学上的统计,发现其分布及总量均很惊人,而且,南方诗人比北方诗人对植物更有兴趣,这很自然,因为纬度的关系,南方的植物种群更多,并且彼此默契,使一年四季的大地蓊郁葱茏。林海蓓女士的《遇见你的盛放》中的植物相比较而言就带有江浙一带的生态特征,这使她的植物书写兼带有鲜明的地域性,事实上,拉开现代科技对植物的人工移植,每个地方的植物是具有相对固定的选择性生存的,它们因此成为乡土植物,一同参与地方的生产和文化,参与地方的文学象喻系统而成为乡愁的载体。林海蓓女士这册诗集中称得上小长诗的是《橘子赋》,橘子是黄岩的标志,从古到今,特别是在黄岩,一定有许多诗歌内外的文本,与林海蓓的《橘子赋》构成了互文性的关系。这确实是一篇可以以一当十进行解读的典型作品。

但林海蓓的南方植物吟咏并没有遵循南方植物的总体习性,相反,诗人却似乎沿着北方诗人植物抒情的路径走去,这种路径依赖的是鲜明的自然节候,春夏秋冬季节鲜明的生长特征。一方面,当然有生之热烈,如:"薰衣草、虞美人、波斯菊、／矢车菊、马鞭草……／阳光下,春深似海／无边的花朵开得热烈／悠远的天空蓝得安详"(《遇见你的盛放》)"在春天／那些树高大、苍翠和密集／散发出特殊香气／让脚下的流水也变成绿色"(《我记得那一片树林》)"声音越来越大／破水而出的声音／花苞团抱的声音／花瓣打开的声音／莲蓬饱满的声音"(《荷花塘》),另一方面却是衰亡寂寥,如:"生命太轻／细小的落花／铺陈在睡梦初醒的土地"(《桂花雨》)"那些菖蒲的清香／会很快散去／可发黄的枝叶／却被褪色的红纸／粘贴到第二年初夏"(《菖蒲》)"又一季橘花就这么谢了／花的心事只有树知道／花无语忧伤哪有解药／那阵阵的异香／不知今夜向何处飘荡"(《橘花把春夜点亮》)"夜风吹动橘树／还没到五月／一些洁白的生命／离别枝头／亲近土地"(《春风吹动的夜晚》)我看见银杏叶／一片一片／从秋天的枝头／落下来"(《秋天的银杏》)。相比较而言,林海蓓对后者似乎更为在意,也表现得更为刻骨铭心,仿佛不是生,而是死亡和消失才更见出植物生命的节律,一种不可挽回的流逝、陨落和泯灭,也只有这些,才会使诗人从植物想到自然,想到生命。这是一种不可抗拒的轮回:"那曾经在风中战栗的幸福／又被风轻轻地吹走"(《秋天的银杏》)"而草原上只有草在枯荣／只有花在开谢／只有风吹个不停"(《在草原》)"像这些寂寞的花／轮回在绵延的时光里／彼此相近／又永远分离"(《油菜花黄》)"命运轮回／大地苍茫／在时间的枝头／聚了又散／分了又合"(《植物的奢望》)于生于死,林海蓓女士终于接近冥冥中的劫数,在此,东西方哲学经由自然的依托和启示而凸现出古老的律令,那就是轮回,这是诗人的植物哲学,自然哲学,也是她对生命的直观和形而上的双重认知。

所以,不难相信,在世间诸多物象中,于植物之外,林海蓓写得最频繁的就是水,这一点,诗人可能更近于东方古典哲学。自从孔子在渭水之上发出"逝者如斯夫不舍昼夜"的浩叹之后,千百年来诗人、词人的咏叹,确实没有哪一个意象更能如此诗性地表达自然的流逝和生命的仓促,也因此,每个朝代都有关于这一自然与生命双重意象的经典之作,如曹操,如张若虚,如苏东坡等等。相比较而言,林海蓓在水的吟诵中表达了在植物意象中更彻底也更绝望抑或旷大的生命观:"风掠过树梢／水行走大地／千年的时光／只不过是流经的那一瞬"(《上郑瀑布群》)。所以,林海蓓以《关于水》作为这册诗集的代跋应该不是偶然的,诗人在这首小长诗中赋予了水丰富的寓意,它不是简单的轮回,而是起源、孕育、淘洗、带走、此在、远方等等的复合体,由此诠释了诗人面对世间的感悟,这样的感悟其实是分散在诗集中的每个角落的,除了前述的植物，它们还是风，是流云和星辰，动物和昆虫。

　　一些感觉在我的阅读中渐渐明晰起来，《遇见你的盛放》可以看成是林海蓓的生命哲学，这似乎不用再加阐释，我想试图更真切地接近诗人，想追问她何以在一部诗集中如此集中地反复表达她对生命的体悟与感怀？当读到《菖蒲》时，亲人出现了，首先是外婆，接着，在《轮回》中，父亲出现了，再后是《雨夜与亲人重逢》《从前》《母亲的忌日》《炊皮》《为母亲洗头》《父亲病中日记》《昨夜母亲来过》《母亲节所见》《2012年春天的雪》《镌刻》《铭记》，亲人，特别是诗人的父母出现的频次越来越多，直到诗集的最后几篇，几乎都在追忆双亲，凭吊严慈。我这篇随记性的阅读感受并不想刻意将林海蓓归入古典的传统，但她的这些篇章确实让我想到中国古典诗歌传统中的悼亡之类作品。只不过从诗人总体性的写作来看，这些作品不是孤立的，不但不是孤立的，在我看来它们也许才是近一个时期诗人写作的情绪中心所在，因为母亲和父亲先后不幸辞世，使诗人反复体验死亡，体验生命的脆弱，体验个体情感的无助，并由此形成对世界的看法，形成对世间物象的审美概括，并最终形成一个意义核，于是才有了植物的轮回，才有了水的奔腾、驻流与一去不返，以及其他附属的分散的意象。

　　如果这样的推想是成立的话，林海蓓及其《遇见你的盛放》就具有了创作学的意义。首先，诗人的创作风格，包括主题、题材、意象、情绪及其诗学方式是可以改变的，这样的改变也许可以形成有辨识度的板块；其次，影响这些区别性板块的形成有许多因素，其中重要的是诗人的私人生活，诗人私人生活中重大的变故是可以影响诗人的诗学方式而一改诗人之前的创作面貌。再次，当然可以在诗歌批评中主张纯文本主义，但我们可以确证，人本同样

分割的空间

重要。

  据此，我虽没有读过林海蓓女士此前的作品，但我相信，应该是与《遇见你的盛放》有不一样的面貌，所以，我由此向诗人提出创作以外的建议，生命无处不在，它仍在延续，愿诗人永远与盛放同在。

近远人生

永远的外婆

清明又到了。母亲在电话里说，要和父亲一同去祖母的坟上扫墓。这是每年清明都要做的事情。祖母是在她一百零一岁的时候去世的，母亲是邻里公认的贤惠的媳妇，祖母去世的那天晚上，她一直拉着我母亲的手，用细如游丝一样的声音说：我——舍不得你——，这时眼泪顺着祖母的眼角流下来。母亲说，我对你奶奶是没有遗憾的，只是我的母亲，你的外婆，她没有享到我一天的福。

只要一提起外婆，母亲便显得郁闷和伤心，常常会说着说着就落下泪来。她对外婆的感情确实非比一般。我记得外婆去世的时候，我才读小学五年级，母亲奔丧回来时的悲伤和憔悴在我的心里刻下了深深的印记，我觉得母亲仿佛在一夜之间就老了。她别着一枚白色的发卡，臂上缠着黑纱，脸色又灰又黄。外婆的照片挂在墙上，看上去不是太老，七十八岁，母亲还可以服侍她十年、二十年。她仅仅是因为胆结石而去世，而这个病实在不能算是什么大

分割的空间

病。我还依稀记得外婆因为疼痛而歪倒在床上的样子,她在我们家发病,随后便去了上海的三舅家,以七十年代上海的医疗水平,这个病也应该不是什么难症,可是外婆终究是一去不复返。

外婆就这样永远挂在墙上了,她走了以后我们搬过许多次家,每一次搬家后,母亲的第一件事情就是把外婆挂在墙上。她永远注视着我们,在她的注视中我们一天天长大,母亲也一天天变老。照片上的外婆端庄凝重,眉目清秀,但她笑得很勉强,眉心还轻轻打着一个结。我曾问起母亲怎么不挑选一张更好的照片,母亲说就是它还是从一张合影中剪出的,外婆并没有想到她会走得这么快,这么早。

我对外婆的记忆已经很淡了。小的时候我曾经在外婆家住过一阵,就像她总是把自己收拾得清清爽爽一样,她的屋子也是一尘不染,她酷爱整洁的品性传给了我的母亲,而我却完全不像她们。去外婆家总是我很向往的事情,那时候我和二哥随父母从省城下放到农村,离外婆家虽然只有六十公里的路程,但去一趟却很不容易。母亲总是千方百计地打听有没有便车去城里,就是为了省下几块钱的车费。我记得有一年的冬天格外寒冷,母亲告诉我说第二天就有一个便车,可以带我和二哥一起去外婆家,我们高兴得几乎一夜没有睡。第二天一早母亲就把我们裹得严严实实的,催我们快些,司机前一天说好六点出发。黑夜还没有褪去,路上一个人也没有,除了寒风呼啸,就只有我们三个人脚步声。我穿着大哥二哥穿剩下来的蓝色棉布大衣,跟在母亲后面气喘吁吁,那样子一定像个笨拙的企鹅。到了约定的地点,只看见车,却没有人,母亲焦急地找前找后,我和二哥在一旁跳脚尖脚跟的游戏。等了很久,看见一个司机过来了,他几乎没有朝我们看,挥挥手,让我们坐在卡车的后厢里。天渐渐亮了，母亲把我们揽在怀里，汽车在高低不平的路上走着，虽然冷，但很快就能见到外婆了，我们还是兴奋不已。就在这时，卡车突然停了下来，司机说下来下来，他要装货。我们眼巴巴地等着他一箱一箱地装，然后我们爬进货物中间。汽车再一次发动，开了一会儿，又停下来，这时我才发现我们实际是在县城里转了一个圈，这时又到了早晨出发的地点。哥哥说早知这样我们何必那么早就起来呢？母亲责怪地瞪了哥哥一眼，示意他不要抱怨，又小心地问司机什么时候出发，司机不耐烦地说马上就走。一看表，已经十点了。这是我最刻骨铭心的一次记忆，是寒冷、饥饿、颠簸、忍耐和期待、兴奋、亲情、团聚交织在一起的记忆，当下午一点母亲牵着我们的手踏进外婆家的大门时候，外婆的惊喜和疼爱让我至今难忘。

外婆家的房子很宽大，完全是木质结构的，连隔墙也是木板，三间朝南，中间是堂屋，有一张八仙桌和几张太师椅，人来客去，喝茶吃饭都在这里。堂屋北边的三分之一处有一块隔板，后面的地板上有一个一米见方的盖子，里面是一个地下室。我小时候总是对那个神秘的地方感到好奇，外婆说那是过去为了躲日本人挖的，她不让我们打开。有一次我们几个孩子偷偷地打开了，里面黑魆魆的，很陡，他们都下去了，我下到一半，他们在里面装鬼叫，我吓得逃了上来。

堂屋西边的厢房是外婆住的，东厢房住着我二舅一家。二舅不是外婆的亲生儿子，是大婆婆所生。外婆应该算是外公的妾，她一共生了五个孩子，三舅、四舅、四姨、五姨和我母亲。二舅母是个颇为能干且热情好客的人，与不声不响的外婆相比，我似乎更能接受二舅母一些，所以经常在她的屋里玩儿。外婆为什么会住在西厢

分割的空间

房？我不得而知，按照中国人的传统习惯，似乎是东边为长的。

屋子外面是一个庭院，大约有七八十平方米，中间是方砖铺成的地面，与两旁的走廊相连，走廊的边上围着红色的栏杆，下面是一个苗圃，与走廊有七八十厘米的落差，种着些树木和花草，左边苗圃的角落里还砌了一个小厨房。外婆把走廊叫廊阴，我觉得这个叫法很不错，因为宽宽的走廊阳光不大容易射进屋里，显得阴凉而晦暗。后来我读到日本作家谷崎润一郎的文章《阴翳礼赞》，就想起了外婆家的老房子。

后来我才知道，外婆的家远不止我小时候所见到的那三间老屋，而是前后六进、分东西两宅的大院，我所见到的只是西宅第五进的三间正屋。在我四舅"文革"期间的检查材料里，有这方面的记载：

> 在西大街彭家巷口，坐北向南店面房楼上下六间，第二进平房四间，第三进平房四间厢房一间，第四进（正屋）平房四间厢房一间，第五进厨房三大间，披屋一间，最后一进，堆存家具和厕所三间，这是东宅共27间；西宅：大门一间，第二进敞厅三间，第三进三间，第四进穿堂三间，第五进（西宅正屋）三间，最后一进，也是过去堆存用具的房屋五间，西宅共18间。

这个记载与我小时候印象相吻合，我那时总是奇怪，外婆家院子的前面，为什么不是一堵墙，而是一扇扇被封堵着的带着玻璃花窗的门。东西宅之间确乎有一条窄窄的巷子，那也是我们经常捉迷藏的地方，夹在两排高大的房子之间，显得阴森幽暗，我从不敢久留，常常是狂奔而出，急促的脚步声在巷子里回荡，久久地跟在我后面，不肯散去。

许多年过去了，外婆家的老房子早已不复存在，拆掉的地方盖起了最为豪华、人气鼎旺的商场，甚至一度成为这个城市的标志性建筑。马路被拓宽了，那条斜插进去的石块路也不知去向。我带着女儿来寻觅过去的老房子的踪影的时候，因为失去了坐标而四顾茫然，只有那条河还在，河边用卵石铺成的坡地和石码头还在。不过，我也有许多年没有再去了，现在那里又是什么样子了呢？

我没有见过我的外公，他在我出生以前就去世了。照片上的外公，穿着黑马褂，戴着银链怀表，还有长长的梳理整齐的胡子，样子很是威严。他看上去他比外婆要大得多，事实上他们也有二十多岁的差距，从年龄上讲，应该是两代人了。外公的祖辈是以种田为生的，而外公却天生是一个生意人，他十四岁从村里走出来，凭着他精明的商业头脑，四方筹划，八方交往，很快就从一个学徒的小伙计，发展到与人合资，再发展到独立经营，家业就这么慢慢建起来了。在"文革"期间，家庭成分是一个给人归类的重要依据，母亲每到填表，就颇费脑筋，她填过许多不太相同的成分，"资本家兼地主""私营小业主""破落地主"等等，究竟应该填什么她也搞不清，她对她的父亲实在是太陌生了。

母亲出世时外公已经五十多岁了，对已经有了九个儿女的他，对第十个孩子的出生是不会在意的，他全部的头脑都在生意上，从棉纱做到土布，从倒卖小麦到开设钱庄，买了一块又一块的地，盖了一片又一片的房，像许多资本家一样，外公也时髦地办了一所以自己名字命名的学校。母亲记得外公很少拿正眼瞧她，他一向重男轻女，所有的女孩子在这个家庭都是可有可无的，所以母亲从出生

分割的空间

开始就只有外婆疼爱她,这个最小最弱的孩子只有外婆费心地照料。因为母亲自幼羸弱,外婆说这是最最让她操心的孩子,连走过天井都要用一块毛巾顶在她头上。在母亲的右腿膝盖处有一个碗口大的疤,外婆不止一次地对母亲说过它的来历:那时母亲刚出生三天,当地有一个民俗叫洗三朝,腊月里天气寒冷,外婆怕她冻着,浴洗完毕立即用一个汤婆子捂在被窝里,结果反被烫了。孩子的哭声开始并没有引起外婆的注意,因为按风俗这一天孩子大哭反倒是一件吉利的事情,大人们都说让她哭吧,还是外婆觉得不对,但那时已经晚了。为了这件事外婆不知流了多少眼泪,只要提到便自责不已,她总是说女孩子要穿裙子的,这可怎么好。渐渐长大的母亲果然很少穿裙子,即便穿也要套上厚厚的长筒袜。

母亲对外婆的身世却所知甚少,在一个旧笔记本里有母亲记下的关于外婆的几行文字:"母亲叫萧丽青,是十七岁出嫁的,她的老家在清江,据说家里是做裁缝的,父亲给了萧家一笔钱,大概是为以后两家再不往来而付的。"母亲的记录就是这些,她说外婆对自己的身世从来就是缄默的,她所知道的也就这么多了,还是从哥哥姐姐那里听来的。母亲确实从未见过外婆的娘家人,也就是说外婆从出嫁的那一天起,就割断了自己的血脉。按理说外婆的父亲也是一个靠手艺吃饭的人,家境也不至于过分地窘迫,为什么要以这样几乎是卖女儿的方式把外婆嫁出去呢?是儿女太多,花费太大;还是偶遇不测,急需钱用;抑或是自身恶习,财迷心窍?不管怎样,外婆都是以近似一种买卖的关系嫁给外公的。只要一想到这些,我的心里总是涌起一阵悲哀,十七岁该是怎样的一个如花似玉的年龄,那样漂亮清秀的女孩子立在自家的门口,该引得多少路人回头驻足呢?那时的外婆都在想些什么?她曾经有过自己的心上人吗？她想到过会嫁给一个与自己父亲一样大年纪的人吗？她会想到她一旦跨出家门，就永远离开了故土和亲人，再也没有机会回去了吗？

也许天生丽质的外婆从出生的那一刻起就是不幸的。所以，在我的印象中外婆总是皱着眉的，这让她原本清秀的脸增加了几分忧郁，即使笑的时候，或者是拍照的时候，她的眉心也常常是打着结的，她一定有许许多多的心事。外婆去世以前在我们家住过一阵子，那时我上小学四年级，"文革"还没有结束，父亲和母亲忙于工作，外婆便过来帮忙，这是我与外婆接触时间最长的一次，她不大爱说话，只是默默地忙这忙那。母亲得空时，便让她歇一歇。但我发现，母亲从来不喊外婆"妈妈"，而是喊她"姨"，我很是奇怪。有一次当着外婆的面，我突然问母亲，你为什么喊她姨，她不是你的亲妈妈吗？母亲赶紧说小孩子不懂，不要瞎说。外婆这时借故走开了，父亲拿眼睛瞪我，从此我便不敢再问。后来我注意到，不仅是我母亲，三舅、四舅、五姨都是喊外婆"姨"的，虽然他们都是外婆的亲骨肉。外婆没有什么特殊的嗜好，唯一的就是喜欢喝一点酒，有菜没菜的时候，她都要喝上一小杯。如果我父亲在家，就陪着她喝，只有这个时候外婆的话才会多一些，常常会说起自己这一辈子的辛酸，她絮絮叨叨地说，好像是说给自己听，别人懂与不懂都是不重要的，说到痛心之处，便从上襟抽出手帕来，擦拭流下的眼泪。

外婆在我们家的日子总是短暂的，更多的时候是住在三舅家。三舅是外婆的长子，也是外公最宠爱的儿子，当年外公把年轻的外婆娶回家，传宗接代是一个重要的原因，他希望子孙满堂、家道昌盛，六个女儿总是要嫁出去的，在四个儿子中，外公对三舅的期待

分割的空间

最高，四个儿子都上过私塾，但只有三舅一个人留过洋。我小时候在三舅家见过一个笨重的木箱子，非常奇怪，立起来有半人多高，从外面看是一个箱子，打开一看则更像是一张两面橱，用木头做成隔板，还有挂衣服的横杆，三舅母说这就是三舅留学时用的，专门放西服。我见到的三舅留洋的痕迹还有一本来自东京的影集和一本三舅在日本时记的日记，影集的扉页上写着："我们祝福你俩和富士山有同样的纯洁。庄严。雄壮。伟大！绮丽！"这本落款1936年的影集，是三舅的留学同窗送给他们的新婚礼物。虽然这样的留言在今天看来有些怪异，尤其是标点给人强烈的视觉冲击，这只能用青春激情和罗曼蒂克来解释。可以想见，三舅那时也是怎样的风华正茂，风流倜傥。

我常常在想，外公为什么对三舅倍加关爱，也许是因为三舅自小聪慧可人，也许是因为三舅善良温厚，当然更不能排除外公对外婆的疼爱，而三舅是外婆的长子。但正是因为加进了种种感情因素，外公的定位出了问题，他把承继家业的希望寄托在三舅身上绝对是一个错误。三舅为人的热情、坦诚、仗义是有口皆碑的，不说别的，单说三舅对兄弟姐妹的支持和帮助就很少有人能做到他这样，从我们小一辈来讲，几乎所有的小字辈都在三舅家里待过，少则一年半载，多则三年五年。我是最后一个在三舅家待过一年的孩子，那时我才五岁，三舅已经五十多岁了，我的脑海挥之不去的一个影像就是，夏天的傍晚，我搬一个小板凳，坐在二楼的阳台上，从木头格子里向外张望，等三舅回家，三舅总是准时出现在弄堂口，手里拎着一个保温桶，是那种竹篾的外壳，里面装着他专门为我从厂里带回来的冰镇汽水，他看见了我，便扬一扬手里的小桶，我立刻飞快地跑下楼去。

这样一个热情仗义的人是不能做生意的，他可能会为了接济别人而置自己的利益于不顾。三舅的秉性离外公太远了，他可能更像他的母亲，有一颗仁爱的心和宽厚包容的胸膛。许多年以后我才明白，三舅从骨子里是痛恨生意经的，他更喜欢过一种闲散的浪漫的生活。外公对他的厚望他是承受不起的，他生在这样的家庭和担当这样重要的家庭角色，对他来讲可谓是身心疲惫，但是他不能违抗父命，更要为母亲挣得家族的地位，外婆本来就是偏房，虽然深得外公的喜爱，但毕竟不是明媒正娶，在这个大家庭里，她是没有多少说话的权利的。

就在外公的生意越做越大的时候，抗日战争爆发了，家乡的沦陷，迫使外公携一家老小逃往上海。国难当头，生意人自然是在夹缝中求生存，外公和几个儿子奔波于苏南苏北，却仍旧是一亏再亏，而外婆除了整日操持家务，照看年幼的孩子，剩下的就只有担心和牵挂了。我曾经看到我三舅和四舅写的关于家道中落的文字，对这些文字的真实性与客观性我现在难以判断，因为那些都是他们"文革"期间写了一遍又一遍的检查材料，我想那是一段特殊的历史时期，他们肯定是根据别人的要求写下它们的。而三舅和四舅都在"文革"中和"文革"结束的时候先后患癌症去世了，我能从字里行间体会到他们当时内心的艰难与痛苦，但现在已无法去追问过去的历史，世事苍茫，云过烟消，斯人已逝，唯有叹息而已。遗憾的是，在这些文字中，我很难找到有关外婆的文字，对于他们亲生的母亲，这个一辈子都生活在忧郁与凄苦的阴影之中的普通妇女，又有谁能替她写下一纸半言呢？

我终于还是在四舅的数万言的交待材料中，找到了关于外婆的一句话："我生母萧丽青焦急无法。"这是发生在1946年的一件事，

分割的空间

农历二月初二的一大早,外公独自一人去了乡下,他要去看一看祖坟,因为这一阵子生意做得很不顺,再加上他认为几个儿子都不太争气,除了倚靠家里的老底子生活,没有一个能助他一臂之力,本来兵荒马乱的年代生意就难做,除了发国难财的,大多数生意人能保本就不错了,亏空是常有的事,可张家的家业毕竟是从外公手里刚刚起步的,这才几年啊,他怎么也不能面对又在自己手里败下去,他思来想去,莫非是祖坟上的风水不对?这是一个普通百姓首先会想到的,后人的不如意必定要找一找祖上的根源,不过,日本人筑碉堡的时候,确实是把原先树木茂盛、绿荫成林的祖坟砍挖得不成样子。所以外公决定找人去平整一下,重栽些树秧,祖上太平才能后人蒙荫。

外公就在那天早晨去了郊外。那时日本人刚刚投降不久,城里乡下局势都还十分混乱,有些区域为新四军管辖,有些则是国民党控制,而在这些各自管辖的区域之间,就有一些失控地带,成了土匪出没之所。据说外公早晨是乘车去的,什么车呢?是汽车,还是人力车,这我不得而知,反正是半路上被劫了。这次被劫已是第二次,第一次是在上海逃难的时候,四舅这样记载:

> 1941年初春,一天,很早,有轨电车头班尚未出来,父亲住三楼,他习惯起得早,透清新空气,一般跑外滩公园,复兴公园,都要到二楼喊我陪同他去,在公园喝茶、看报。那天,他先走了,刚走一会,从外滩方向开来一辆黑牌号的汽车,停在楼下弄堂里,下来四个穿西装的,直奔三楼,遍寻我父,没有找到,急匆匆地跑了。住三楼的张妈赶下来通知我,我随即往复兴公园找着父亲,研究情

况不好,没有让他回家,到另一家旅馆换姓名开了房间,暂时避一避,因为看大门的说,汽车上还有两个人,腰间都挂着短枪,那时上海绑票、暗杀风很盛,等到第二天夜间十点,临开船时,才把父亲送上客轮,离开上海。

逃过这一劫,却没能躲过第二回。土匪的名字叫羌九,是和平军逃到乡下去的,据外公出来后说,羌九极有经验,把他绑去之后,便不停地转移地方,有时一夜要移动两三次。家里面一定是乱作一团,外婆和她的儿子们只能四处托人打探消息,三天后有消息来了,说要拿金条去赎人,此时的家境早已不如从前,外婆又到哪里去弄那么些个金条呢?真正是"焦急无法"。万般无奈之下,外婆哀恳中间人能否从中斡旋把条件放得低一些。又过了三天,外婆见到了外公的胡须和满嘴的假牙,羌九扬言如果再不解决,下次见到的就是外公的耳朵和手指了。我难以想象外婆是怎样度过这些极度恐惧与焦虑的日子的,这时候大婆婆已经去世,家里是需要外婆来拿主张的,事情已经到了眼前,总是要想办法的。现在是无从寻问外公遭劫时的情形了,因为当事人都已不在人世,母亲那时还小,她除了知道家里很是忙乱之外,已经记不清这件让张家出现重大转折的事情的始始末末,我只能从四舅写下的只言片语之中捕捉一些有用的信息,"赎父亲的情况是母亲和二哥经办的","母亲和二哥、二嫂都拜托朱继峰继续去说情","母亲拿了些金首饰,二嫂拿出些,向二姊借了些",看来外婆首先把自己的金银细软拿出来,又让各房太太们把能拿出的拿出来,再向已出嫁的女儿们借一些,这些凑出来的金银首饰显然是不足以赎出外公的,接下来外婆能想到的办法就是把房子抵押出去和大片大片地卖田。外公在被绑后

分割的空间

三十天终于被赎了出来，没有伤及一丝一毫，这是外婆一生办成的一件最重大的事情，当我在头脑里整理这件事情的时候，我忽然觉得我原先的想法有些失之偏颇，起先我只是在心里想象外婆当时的恐惧、焦急与无助，想象她坐在空荡荡的屋子里以泪洗面，而实际上，外公平安地回来了，这里面如果没有一个女人在灾难突然间来临时所表现出的果敢、镇定与坚韧，事情的结局又会是一个什么样子呢？后来我大哥的叙述肯定了我的猜想，外婆曾经跟大哥说起过上海的那次未遂的绑架，"他们用枪顶着我的头，问你外公哪里去了，我说他自己有脚有腿，他到哪里去了我怎么知道？我心里一点也不害怕，真的，当时就是一点也不害怕。"外婆这样平静地说着。

外婆与外公在经历了这一段风风雨雨之后就再也没有分开过，外公放弃了他的生意，来到乡间休养生息，外婆一直伴其左右，没有生意场的起起落落，没有突然间的担惊受怕，也没有往日大家庭里的矛盾纷争，这样平静的日子也许是外婆一生中最温馨的。我没有听年老的外婆提起过乡间的这段往事，母亲也从没有听她说起，也许是要外婆把这段日子深深地埋在自己的记忆深处，留给自己细细品味的吧。

外公是在八十三岁上去世的，那时我大哥已经出世，他是我们家唯一见过外公的人，他至今记得外公长长的胡须和威严的样子。外公是一个幸运的人，他在上世纪五十年代中期离开人世，而那时新中国刚刚成立不久，百废待举，八十多岁的他也可谓是寿终正寝。但之后不久，沉重的政治压力就压得这一家老老小小喘不过气来。我手头的这一叠残缺的、写得密密麻麻的材料就是四舅当年的一次次交待，看得出来，它们写于不同的时期，是根据不同的要求而写，在第三十页，他这样写道："还有我上次检查时，对我父亲只有七八百亩沙田，现在再细细回忆，鼎丰圩、惠丰圩、厚生圩、义庄田（是父亲开钱店时，这处田租收入专设户头存在账上，如果亲友中有丧葬、水、火灾难等困难的，就专在这义庄田上提款支付）、襄丰圩、和丰圩，六个圩里都有田，那就有一千一二百亩，再加上北土山西边祖坟田24亩、兴仁乡田20亩和"，到这里突然断了，下面是第十六页，显然是另一次交代了，不知道他这样反反复复地写了多少次。我见到过瘦弱而文质彬彬的四舅，那时他已是胃癌晚期，来上海看病，住在同样处境艰难的三舅家，那时我五岁，这是我与他第一次也是唯一的一次见面，五岁的我并不知道外面发生了什么，也不知道这就是四舅生命的最后一段日子，只记得他瘦得很，戴着一副眼镜，与说话高声朗气的三舅相比，他显得心事重重，很少讲话，也少有笑容。他时常拿起笔在桌前写着什么，有时也摸摸我的头，教我识字。很快我就看不见他了，他们再带我去看他的时候，是在殡仪馆里，我不知道恐惧，他躺在那里，大家哭着，我记得三舅母哭得最响，像唱一样。四舅就这样走了，带着他未完的交待走了，我现在翻看他认认真真写的每一个字，觉得他真是用血写出来，他回忆了又回忆，交代了又交代，生怕遗漏了什么。我在想，四舅真是一个老实本分的人，如果他不说又能怎么样？如果再没有什么可说的他会为了需要编出来说吗？

四舅是先于外婆而去的，外婆的五个孩子有两个是先于她而去，一个是我的四姨，她出嫁后不久便难产而死，一个就是四舅，在"文革"中患病而亡。四舅死时外婆没有来，白发人送黑发人的打击对她来说是太残酷了，而且她也在"革命"的监控之下，随时都会因为革命的需要而被提去审问、批判和游斗。我的二哥曾经目睹过这一幕。就像我被送到上海三舅家一样，二哥被同时送到外婆

分割的空间

家，应该说二哥是外婆最疼爱的第三代，他与外婆之间的感情是那种相依为命的感情，二哥与外婆相处的日子可能是外婆遭遇来自政治上的压力最重的时候，她在为外公、为这个已经破落的家无端地忍受着本不该属于她的屈辱与磨难。二哥在与同学玩耍的时候，看到了游街的队伍，孩子们哄闹着追赶着，这时我的二哥意外地看到了外婆，她的脖子上挂着一块沉重的木牌，铁丝深深地勒进了她的脖子，上面写着"地主婆"三个大字，还打上了一个鲜红的叉叉。二哥飞也似的逃回家去，过了很久，外婆疲惫的身影出现在门口，她必须背着沉重的十字架绕城走完一圈，二哥替外婆擦拭着被磨破的脖子，外婆搂着她懂事的外孙，眼泪夺眶而出。在那个年代，外婆顺理成章地成了无产阶级专政的对象，成了被人民抛弃的一个小卒，我时常想，如果要谈无产阶级，那外婆便是真正的一无所有，她十七岁被她的父亲卖了个好价钱，她在这个大家庭里没有名分，没有地位，没有金钱，也没有快乐，甚至一辈子没有被人叫过"妈"，她除了遭遇鄙视与冷眼，体味寂寞和恐惧，除了忍受重压和屈辱，饱尝心酸与痛苦，她还能有什么呢？我的曾经年轻美貌的外婆啊，你的命生来就是这样苦吗？

外婆几乎什么东西值钱的东西都没有留下，我母亲那里所珍藏着的只是小时候外婆给她买的一些小玩意儿，一串红白相间的珠子，一个木质手镯，一只带红木底座的碎瓷小花瓶，还有几片翡翠，几块绫罗。我小的时候，母亲有时把它们拿出来展示给我看，"这是婆婆的东西"——母亲总是这样说，然后又把它们包裹好锁进箱底，不让我碰它们。我那时不能体会母亲的心情，总是对她的做法不以为然，曾经偷偷找来钥匙，把那几块翡翠卖给了文物贩子，还在冬天把折得的蜡梅枝插在那只花瓶里，结果把它冻裂成两半。现在想来我真是万般的后悔,那是外婆留给母亲的念想,外婆已经没有了,母亲只能在这些东西里睹物思人,而物已不在,人又何处去寻呢?

外婆离开我们一晃三十年了,三十年的变化是地下的外婆永远不可知的。她去世后不久,三舅也去世了,她的骨灰和三舅的骨灰并排放在一起,有两个绢做的小花圈一边一个。三舅母时常擦拭着它们,这一对母子在一起相依相靠。十年后,三舅母也去世了。当母亲和五姨想买一个公墓把他们合葬在一起的时候,竟然都找不到了。外婆永远消失了在我们的视线里,但她也永远存留在我们的记忆中。

外婆的照片挂在墙上,每次我回老家的时候,她都在那里等着我,而也许是命中注定,她最疼爱的外孙——我的二哥,和我父亲、母亲住在一起,可以时常为她拂去浮尘。每年腊月三十祭祖的时候,母亲和二哥就要为她烧一个包子,再在照片下敬一杯酒,因为外婆就爱喝那一小杯。

分割的空间

影集里的人生

我母亲出生的时候，外公已过了五十。她是张家的最后一位小姐，上面有四个哥哥、五个姐姐。外公娶了两房太太，我外婆是二太太。外婆到了张家之后，生了五个孩子，三舅、四舅、四姨、五姨和我母亲。三舅是外婆的长子，张家的三少爷。

有一阵子，张家很是发旺。有一回，我和母亲去江南，过江不多久，母亲指着窗外对我说：那儿过去也是张家的，你外公还在那儿办过一所小学呢。汽车飞快地开着，麦子正在拔节，青青的一片。母亲轻轻叹了口气，一切都如过眼烟云一般，外公、外婆、三舅、四舅……母亲把她的亲人一一列数过去，张家现在，只有五姨和她了。

1976年，是个不寻常的年份，三舅带孙子去北京五姨的家里住了一阵子，还在挂着黑纱的天安门广场留了个影，回到上海，就发现肺部有一个肿瘤，他抽烟一直很厉害，医生让他把烟戒了，但是，已经来不及了。我在医院见到三舅的时候，他的脸肿得让我吃惊。夏天，天气很热，斜靠着病床的三舅捧着一个小饭碗，勉力吃着饭。母亲忧虑地看他浮肿的脸，三舅却朗声笑着，说："你看，我饭量多大，都能吃浅浅一碗了。"在我的印象里，三舅总是这么朗朗地笑着的。那一年我十六岁，母亲五十岁，三舅六十四岁。

许多年以后，我在翻拣三舅留下来的东西的时候，想起了三舅的笑，心里觉得很疼，我想母亲常说的那句话是对的：你三舅心里苦着呢。

三舅保存着两张毕业证书，一张是他十七岁时从南通商业私立初级中学毕业时发的，白底黑字，雕版印刷。另一张是彩色套板，时间是民国二十四年（1935），上方印着孙中山先生的照片和青天白日旗，还有大、小印章四枚，一张印花税票，证书上的三舅梳着分头、西服领带，他在这一年完成了江苏私立南通学院高级纺织专业的学习。作为张家门里的三少爷，外公对三舅的偏爱显然超过了其他儿子，善于经营的外公让三舅学了商业和纺织，以便维持他的棉纱和土布生意，而三舅所表现出的少年老成和聪明仁厚确实也让外公感到满意。

然而，一切进展并不如想象的那么顺利，就在西服革履的三舅跨出校门，浑身还散发着书卷气的时候，外公不知为什么突然给三舅定了一门亲，三舅在拿着盖着江苏省教育厅的验讫红毕业证书的同时，也迎来了他的新娘——赵家钱庄的二小姐。年轻的三舅一定感到很意外，他太年轻了，父亲的决定让他有点猝不及防，他似乎连想也没有想就被推到了前台。父亲的话怎么可以违抗呢？三舅的被动让我想起《家》里面的觉新，他在外公的面前一定是低眉垂目："是，父亲。"

分割的空间

三舅在新婚的夏天收到了友人从东京寄来的一本影集，影集宽大厚重，做工精致，当我看到它的时候绛红色的绒布封面已经暗淡破损，内芯散落一地，但扉页上的字仍旧清晰如昨："我们祝福你俩和富士山有同样的纯洁。庄严。雄壮。伟大！绮丽！"真诚而激动的说词、生硬而结实的标点都让人感到触目惊心。新郎和新娘的照片已经在里面放了半个多世纪了，这对新人此刻看上去像两个木偶，三舅没有穿西服，而是一袭中式长袍马褂，右手拿着一个黑色的礼帽，微微地侧着身子，新娘一身白底绣花旗袍，头上戴着蕾丝镶边的纱帽，垂着长长的婚纱。年轻的三舅母戴着一副无框的眼镜，像一只受了惊的兔子，微微张着嘴。

这两个毫不相识的人被父母硬生生地拉到一起，从外到里都不般配，相貌平平的三舅母显然不是潇洒英俊的三舅心仪对象，她不像是一个小姐，倒像一个厨娘，粗莽性急的她进了张家的门全然没有一点小姐的样子，高声大嗓地说话，风风火火地走路。三舅在私下里说过她许多回，让她学得文静、娴雅一些，免得让上上下下的女人们笑话。心乱如麻的三舅恐怕一心只想着如何能不每日面对这样一个女人，他试着对父亲说他是否能去国外看一看，看看别人的经营方式，学学国外的技术，外公自然明白三儿子的另外一层意思，不过他想也好，一来让儿子出去见识见识，二来日子久了心境也就淡了。父子二人就在这样的心照不宣之中都作了妥协，民国二十五年（1936）三舅登上了去日本的远洋客轮。

我在读到郑振铎《别了，我爱的中国》时，眼前晃动的就是我三舅的影子，"船慢慢地离岸了，船和岸之间的水面渐渐地宽了，我看着许多亲友挥着帽子，挥着手，说着再见，再见。我听着鞭炮噼嚦中啪啪地响着，我的眼眶润湿了。"在那些亲友中，一定有我威严的外公和俊秀的外婆吧，一定也有新婚不久的三舅母吧，三舅在挥动帽子的时候，心里在想些什么不得而知，但他一定是解脱和放松的，到日本去，他的朋友和同学都在那里，他也是带着父亲的期望而去的。

如果不是1937年的卢沟桥事变，三舅的经历也许就不是现在这个样子了，日本人打了过来，南通很快就沦陷了。我现在已经很难想象庞大的张家举家逃难的样子，我也无法体会外公抛弃自己几十年辛苦积累的家业时的心情，但我想外公一定是最后一个走出张家大院的，那一进六堂，庭院深深，青砖小瓦，雕栏飞檐，回望它们，该是怎样的沉重和不忍呢？

日本人的大炮轰碎了三舅留学梦，逃难中的外公无法再给三舅提供学费，于是三舅又重新面对他总想躲避的现实。张家的老老小小在寒风中走进了一江之隔的上海，蜷居在汉口路126号，面对日渐苍老的父亲，三舅不能不担起养家的重担，但显然，三舅有些力不从心。外公天生就是个生意人，但他确实有些看走了眼，三舅本不是个做生意的料，他聪明但却不善经营，待人也过于宽厚，书生气十足的他总是亏，总是赔，他在苏北东奔西走，而张家的账面上总是入不敷出。

民国三十七年（1938），折腾了十多年的三舅还是回归了他的老本行，被聘为上海第十九纺织厂的技术员，月薪一百五十元，他的技术第一次被用上了。他有了一个儿子，还娶了二房太太，他必须养家糊口，家庭的压力不容许他再做什么不着边际的尝试。

十九厂的职工宿舍区是日本人建的小洋楼，上下两层为一幢，一排四幢，相当于现在的连排别墅。三舅在接到聘书之后，厂方便给了他一幢小楼。地板、墙板、楼梯全部都是木头的，楼上分为前

分割的空间

后两间，前面是书房，后面是卧室，书房有块地方凹进去，这就是所谓的"壁龛"吧，前面还有一个阳台。我五六岁时在三舅家住过一段时间，对日式的拉门很好奇，常常把门拉来拉去。楼下除了一间狭长的房间，还有一个卫生间和一个厨房。整幢房子的光线很暗，最暗的是又窄又陡的楼梯，熟悉的人按习惯摸索着上去，初来的人一定要开灯，否则从外面进来，就像走进电影院一样，眼前一团漆黑。

三舅和他的两房太太就住在这个小楼里，新娶的太太非常漂亮，母亲称她为"小三嫂"，按她的叫法，我应该叫她"小三舅母"。在三舅的影集里，照片上的她总是烫着流行的发型，或高腰旗袍，或西服套裙，或立，或倚，清秀娴雅而略带一丝忧郁。其中有一幅三舅和她的合影，应该是黑白照片时代所能放得最大的照片了，淡淡地着了彩，极细致地修了眉，描了眼，微微地笑着。另一幅是她独自一人的，九寸大，三十来岁的样子，母亲说这大概是小三嫂的最后一张相片了。我翻看着它们，希望从中找出一点东西来，关于她的，关于这时的三舅的，但我没有找到一个字，这让我感到诧异，按三舅的习惯，在每一幅照片的空白处都会留下三舅娟秀的小楷，某年，某月，与某人，在某处，唯独她没有，无论是独自一人，还是与人合影，都没有。小三舅母的身体不好，善良的三舅母操持着全部的家务，她要省吃俭用，含辛茹苦地把儿子带大。在新中国到来之后，一切的尴尬都以小三舅母的早逝而告结束，从此三舅和三舅母开始了他们相濡以沫的几十年，他们没有争吵，没有抱怨，在命运的起起落落之间，他们过着平平常常的日子。

在我出生之前，三舅、三舅母就不知道带过多少张家的孩子，他们唯一的儿子长大之后，他们家就成了亲戚们孩子的成长必经地，只要是兄弟姐妹家的孩子小没人带就会送到上海来，他们带了一个又一个，从刚断奶到上小学前都有，从几个月到几年，我们兄妹三人都曾经在三舅家待过一阵子，时间有长有短。我记得我五岁的时候，父亲在浦口工作，母亲在要参加省台组织的社教，他们说，没人带你了，去三舅家吧，上海可大了。我就跟着母亲坐船到上海，25路车到底站，就是平凉路的最东边，国棉十九厂的职工宿舍就在旁边。

在三舅家的日子是愉快的，三舅母每天早上要牵着我的小手去菜场买菜，虽然她一声大喊："晓华——快点刷牙！"总是让我心惊胆战，但只要不在乎她的大嗓门，一切都是美好的。早餐从不马虎，豆浆、油条、糍饭糕、绿豆粥，午餐也尽是美味，我至今记得红烧猪蹄膀、天目笋冬瓜炖排骨的香气。出门三舅母总是要给我一点小零食的，夏天每天一根冰棒是必需的，表现好就能有一根紫雪糕。她还会做衣服，我一年四季的衣服三舅母都做过，她会做各种各样的盘扣，那也是很时髦的。三舅的任务是教我识字和算术，还要带我去见识我没有见识过的地方和东西。我记得有一回他带我去南京路上的一家冷饮店吃刨冰，外面是三十七八度的高温，里面却冻得要死，现在想来就是开了空调吧，我进了店就开始瑟瑟发抖，再加上那一碗刨冰，吃得牙齿上下打战。

其实，我不知道儿时这些轻松愉快的日子背后，大人们都是背负着怎样的一种精神负担。我只记得这样的场景：夏天的傍晚，我坐在三舅家的阳台上，从木栏杆的空隙中盼着三舅回来，太阳落山，三舅像每个下班的工人一样，拎着一个保温筒，里面盛着冰镇酸梅汤或是冰镇绿豆汤，一路上都会有人跟他打招呼，"张师傅，下班了？""下班了，下班了。"三舅朗朗地笑着。这时三舅母一般

分割的空间

会迎下楼去，接过三舅手里的东西，然后他们一块儿上楼，三舅母打好洗澡水，在茶几上放上当天的报纸。冲过凉，三舅在沙发上坐下，开始看报纸。这就像是一幅美容过的照片，所有的斑点和瑕疵都被抹去了，事实上，这时的三舅早已不是工厂的工程师，他甚至连做一个普通工人的资格也没有了，那幢房子属于他的也只剩下楼上南边带阳台的一间，他总是在不断地表白自己，总是想说清楚那些总也说不清楚的事情。

我看到过一封七十年代初三舅写给五姨的信，他密密麻麻写了许多页，字迹工整流畅，没有任何修改。对那些早已过去的人与事，三舅一定是写过许多回了，他一遍又一遍地清洗着身上的"污点"。在信的结尾，三舅这样写道："我的问题，从1966年文化大革命运动一开始直到现在清理阶级队伍，一直是审查对象，现在还是在审查中，我认为对我严格审查完全是应该的，我坚定相……"信到这里戛然而止，大概是丢了一页，三舅一直到离开这个世界都是坚定地坚信党和人民的，他也是积极地响应党的号召的，他让原本有工作的妻子把工作的机会让给别人，他把唯一的儿子、按政策是可以留在身边的儿子送到边疆，他积极地做着工会的工作，吹拉弹唱，把文艺、体育组织得有声有色，真的是党叫干啥就干啥。只要是认识三舅的人，都说这是一个宽厚、善良的人，一个乐观开朗人，但是，在三舅的内心深处呢？有谁知道他是一种怎样的挣扎和无奈。

不知是不是冥冥之中有什么在操纵着一切，我最后一次去三舅母那里，她拿出了一本厚厚的影集，就是我前面提到的那个。我在这本影集里第一次见到年轻的三舅母站在三舅的身旁，我也是第一次认识了小三舅母，这时小三舅母去世已经三十年，三舅也已离世将近十年了。苍老的三舅母平静地拿出了它,说你把这个带走吧。那正是一个中秋节就要到来的日子,我带给她一盒月饼和一篮苹果,我听说她不愿让唯一的远在西北的儿子过多的负担,去里弄里找活儿干,能干的都干了,我还听说她把能省的钱都省下来供身边的小孙子上学,自己竟去捡地上的烟头抽。我站在弄堂口让三舅母回去,我说下次到上海再来看她,她立在那里不动,白发被风吹起,"下次,你老是说下次。"我突然看到她的眼里含满了泪水。

事实上,已经没有下次了。现在去看,连那个二层楼的老房子也没有了。但我带回了那本影集,那里面承载着三舅和三舅母的人生。

分割的空间

今生今世的证据

作家刘亮程有一篇文章，叫《今生今世的证据》，大意是说人活在世界上是需要物来证明自己的，这样的证明可以来自于一堵墙，一株树，可以是一棵草，一根木头，那些曾经拥有过的东西，都是人生命的痕迹。刘亮程要告诉我们的就是人与物是相互证明的，人应该懂得珍惜。

当我的父母把我的这张出生证交到我的手上的时候，我的心被这张小纸片击中了，这正是我来到这个世界的第一个证据啊。

这是一张由南京市卫生局颁发的婴儿出生证，纸片已经发黄，婴儿姓名一栏填着我的名字"徐小华"，这是我父亲的笔迹，我认得的，与其他的笔迹完全不一样，这三个字写得特别认真，一笔一画的，我似乎能感觉到父亲如愿以偿的欣慰，因为他们在有了两个儿子之后，特别想生一个女儿，而我如约而至。我出生的日期是1963年的3月30日，这让我得知我来到这个世界的准确的日子，而我的同龄人的出生时间大多数是不准确的，所以算命先生能精确地排出我的八字，而不只是算个大概。这张证明上还告诉我我的母亲叫张佩华，是生的第6胎，应该是她的第六个孩子，但我只有两个哥哥，我的其他的兄弟姐妹到哪里去了？这让我想起华兹华斯的诗《我们是七个》，想起小女孩无比坚定的口气，不管她的兄弟姐妹在还是不在。

我还从这张纸片上知道了我家原来住在水巷23号，我知道南京曾经有七条"水巷"，我家的那一条是位于大行宫附近的"水巷"，八十年代初我还去寻找过这个地址，地名还在，但巷口已经封住了，中山东路正在改造当中，后来再去就连巷子也找不到了。之所以叫水巷，是因为这些"水巷"都有一个共同的特点，那就是巷口一头在秦淮河边，一头在居民集居之地，运水船在秦淮河停泊，由挑夫把饮用水经巷子挑到市民家中。到我出生的时候，南京的供水系统显然已经发生了巨大的变化，"水巷"已经名存实亡，但它给我的亲切感和归属感却是强烈的，所以，当我再也找不到它的时候，我竟有了无根的感觉。

再来看看纸片的背面：

这是"应注意事项"，我觉得四十多年前南京市政府的工作相当细致，它告诉持证人："1.婴儿出生证即公民证，必须持此证到派出所报户口。此证应妥为保存，不得遗失或转让别人。2.应常常带儿童到卫生机关检查身体，按时预防接种。"我现在去读这些看上去口气严肃的字句，真是发自内心地感到一种温暖和体贴，对成人的严格要求正是对一个刚刚出生的婴儿的保护和尊重，她也是一个小小的公民了呀。

除了这些印上去字句，还有一些手写的记录，这真是计划经

分割的空间

济的一个缩影，对于我这个小婴儿来说，我已经拥有了一些权益，我有了"补助布票十尺，定布五尺"，那是给我做小毛衫儿的吗？"1963年4月到6月各票已发一人"，这"一人"就是我这个小毛头吗？"各票"是指什么呢？粮票吗？国家会配多少粮食给我？还有什么，煤球票？糖票？肉票？豆制品票？母亲也有很多的补贴，"产妇营养已发"，还有牛奶，在国家有限的条件下，还是最大限度地保证了妇女儿童的权益。

感谢我的父母如此完整地保存下我生命的第一个印证，他们在女儿来到世界之后，尽可能地为我留下更多的痕迹，我从一岁起每年都有一张在照相馆拍的照片，它们让我看到自己的慢慢成长，看到女大十八变。我还有许多小时候穿过的衣服被母亲藏在箱子里，每年夏天"曝伏"时我都会与它们一见。许多被我们的记忆慢慢忘却的东西却在实物的证据前被一次次唤醒，它让我们回到过去，回到从前。

人过百年

　　就要回掘港参加祖母的葬礼，心里懵懵的，脑子里不断出现的就是这样一个题目"人过百年"，索性在电脑前坐下，把它写下来。祖母属羊，是上一个世纪的人了，我算了算，她应该是1895年出生的，她在世的时候，经常自豪地说："我比毛主席只小一岁。"这种自豪里有与伟人相近的意思，也有对自己的生命力强盛的夸耀。的确，祖母的生命力是非常惊人的，在她八十五岁高龄之后，曾经经历过两次几乎是致命的创伤，一次是在八十七岁的时候，她不慎从床上摔下，头上摔裂了一条大缝，到医院缝了十针，许多天之内，她不认识所有的人，就在人家认为她已走到生命的尽头的时候，她竟慢慢地恢复了；第二次是她从台阶上摔下来，左腿根部骨折，那时她已经九十三岁了，再加上断裂的部位无法用石膏固定，医生说只好随它去了。然而经过儿女的悉心照料，奇迹再次发生了，祖母不但没有离开我们，而且重新站立起来，腿伤完全自愈了，在这之

分割的空间

后，一活又是八年。

在我们为她庆贺九十九岁生日的时候，她依然是红光满面的，在县里领导来看望百岁老人的时候，她让我母亲给她梳好头，换上体面的衣服，还要穿上我母亲去上海时买给她的小脚皮鞋，她知道是大人物来了，嘴一直笑得没有合拢。然而，今年的情况就大不一样了，暑假我回去时，她费了好大的力气才认出了我。头几乎低垂到了胸前，我的心中掠过一丝阴影，这盏生命的油灯已经显得黯淡无光，我真正体会到了"风烛残年"这个词的深义。

祖母在一百零一岁的时候告别了这个世界，能活到这样的年龄是令无数人羡慕不已的，然而让人悲哀的是，不管怎样，人都无法抗拒自然的规律，当自然界进行着它周而复始的变化的时候，人却是一去不返。草木枯黄的日子，人们等待它来年的再生，果然，第二年的春天又是一番欣欣向荣的景象，可人呢？这时候，我想到了宗教，许多教类都有灵魂不灭的说法，是不是基于自然与人的这种不平等呢？宗教由自然想到了人，参照自然的规律，它告诉人们肉体的消亡就像草木的枯萎一样，然而灵魂却似草木之根，是永恒的，失去的还可以再得到、还可以让这颗永恒的灵魂依附于另一个肉体而再生，这便成了一个轮回了。在这样的前提下，死亡就不再是一件可怕的事情，它只不过是又一次新生命的前奏。

祖母生前是信佛的，她吃了五十年的全斋和花斋，在我的记忆里，她时常是挪动着小脚去天井里焚香的，也时常努着嘴唇在念叨着什么。当她像一根游丝一样就要脱离凡尘的时候，我想她的心里也许是平静的，或许，还会有一种期待吧？

愿祖母的在天之灵安息。

1995 年 11 月 28 日

姨妈来信

很少很少会想起给姨妈写一封信。

元旦刚过便收到姨妈寄来的一张贺卡,上面还密密麻麻地写着许多字,于是想起也该回一封信,以示新年的问候。

不想没过几日,又收到了姨妈的回信,信写得很长,有三四页纸之多,而且字迹工整,不妥之处都做了修改。尤其让我惊讶的是在信纸的下面还特意注明了"来信可写:'……',邮编100053",难道姨妈还在等着我的回信吗?

的确,在我们如今的生活里,写信的机会是相当少了,问候父母,打一个电话;联系朋友,打一个电话;约会、请假、托人帮忙、帮人办事都只需拨打一下电话就行。我们几乎忘了,还有写信这一茬,只不过经历了10年的时间,写信就仿佛变成一个让人陌生的举动了。然而同样是一种信息的交往,与电话相比,信是不是也带给我们一些不同的感受呢?

分割的空间

　　姨妈的信就让我感动，她写了她目前的一些琐细的生活，说她虽然68岁了，但仍在干着她热爱的新闻工作，"我总感到一个人应该有点事做做，精神上有所寄托，日子也过得充实些，可以说工作是我的一种乐趣。"信中还谈到了她对现在时兴的大办丧事的一些看法，而且不无深情地说："周总理、邓大姐把自己的骨灰撒向祖国江河大地，不留任何踪迹，但他们的革命精神、高尚的道德情操却像一座丰碑永远竖立在人们的心目中。"这样的话、这样的心理感受如果用电话恐怕是很难表述的。写信给了人们更从容地表达自己思想、情感的时间和空间，小到居家琐事，大到纵论天下，一切都处于自由的状态之中，没有文体的限制，没有时间的急迫，可长可短，可繁可简，在此一方遥想彼一方之情状，仿佛就接通两人的轨迹，如同面对面坐着，聊聊天，发发感慨，如此而已。我记得我的三舅在世的时候，与我妈妈、姨妈构成的就是这样的一个三角形的通信结构，北京—上海—南通，每隔十天半月的就有一次信件的交流，我小的时候时常看到妈妈坐在灯下写信，很认真，很专注，而这时是不允许别人打扰的。三舅寄来的信也是如此，工工整整，每个字都一丝不苟，包括信的折叠、信封的格式都是一律的，这些信至今妈妈还很好地保存着，声音的消失是永远的消失，而文字则成了无声的纪念。

　　人类的情感总是共通的，在大洋的彼岸，英国人也出了一本书信集《牛津尺牍集》，是出于怀旧的心情，出于对私人信件正逐渐消亡的遗憾。

人生如画

母亲今年八十岁了，她是七十岁开始学画的。在这之前，她从来没有跟绘画沾过边，她曾经是一个播音员，一个记者，一个编辑，即便与艺术相关，也只是唱歌、跳舞、演话剧，我们从来没有想到过母亲会从学画的那一天开始，就专注于这门艺术，她没有考虑年龄，也不带任何功利的目的，她认认真真地听讲，仔仔细细地临摹，当她有一天把她的那些画放在我们面前，甚至拿出了一张张获奖证书的时候，我们真是吃惊不小。母亲曾经有点羞涩地说有人建议她办一个画展，这个想法当然不错，但我们总觉得还有更好、更实在的方式。今天，母亲八十岁生日了，我们忽然想到不如从她的那些画中选出一些来，出一个小册子，这是对母亲学画十年最好的肯定了，同时，也可以让更多的人分享她的成功与幸福。

母亲学画时间不长却进步不小并非偶然，从她的那些画中，我们可以看出母亲的性格与为人。母亲是一个做事极其认真的人，她

分割的空间

在从业新闻的日子里，总是尽其所能，兢兢业业，一丝不苟，时常是要工作到深夜的，一个词，一个标点，都要反复推敲。这样的个性必然会延展到她退休后的日常生活，包括绘画，她会为了一堂电视上的绘画课，五点钟就起身守候在电视机前。偶尔回家，看到又有一幅画挂在墙上，我们照例会说一些夸奖的话，而母亲却会指着某一个部位告诉我们这里是一个败笔，脸上流露出无限的懊恼，我们只能为她的认真而感动。

母亲的画可以分为两类：一类是山水立轴，行云、流水、飞瀑、峰峦、劲松都是母亲笔下常见的景致，母亲是一个热爱自然的人，只要有机会，只要身体许可，她都喜欢出去体验自然的美景，呼吸自然的清新空气，从中得到艺术的灵感；一类是花鸟小品，一串葡萄，几只葫芦，一篮枇杷，互相唱和的小鸟，牡丹丛中的飞蝶，无不充满着温馨和宁静，在这些小品中，可以看出母亲的温和、善良和慈祥，细腻的笔触表达出她对生活的热爱。

母亲已经走过了八十年的人生，当我们翻开老相册时，看到了年轻时的母亲清秀的面庞，她的画也一如她的人一样清新秀丽。我们在将母亲的画编入这个小册子的时候，也将那些老照片选了进来，那里面有父亲、母亲和我们，发黄的照片记录是一个家族的历史，是父亲和母亲的花样年华、青春岁月。因为母亲有每天记日记的习惯，我们还选择了母亲这十年中的日记片断。无论是绘画的，影像的，还是文字的，都是母亲的如画人生。

让我们祝愿母亲的画越来越好，也祝愿已经一起走过金婚的父亲和母亲健康长寿，永葆青春！

缘 分

现在想来，我和海安还真是有缘。

我出生在南京，6岁时，随父母下放到我父亲的老家如东，其时正是我该上小学的年纪，因为下放到农村，上学的事也就耽误了。到了7岁，母亲觉得再也不能拖了，而这一年恰好她也被借调到县城工作，于是，她带着我走进了掘西小学，也就是现在的宾山小学，并且恳求校长能否让我直接读二年级。开明的校长拿来一张一年级的试卷考我，然后对母亲说，就上二年级吧。我说着一口普通话，这在当时也是很特殊的，老师和同学都会更多地关注到我，而掘西小学的"小红花"（相当于现在的学校艺术团）在当地也很有名，因为如东是全国计划生育先进县，经常会有中央和省里的领导来视察，"小红花"的演出是必不可少的。于是，刚跨进小学校门的我就被老师看中，进了"小红花"。

下面的故事就来了。那一天，老师通知我要去海安参观学习，

分割的空间

告诉我要坐半天的汽车才能到，还要在海安的旅馆住一晚，第二天才能回来。海安在哪里？一定很远吧？这一次不是跟着爸爸妈妈的独自旅行，真的是让我太兴奋了。妈妈很不放心刚刚上学的我，千叮咛万嘱咐，生怕我会丢了似的。这次行程是向当时赫赫有名的海安文工团以及少年艺术团学习，学的什么我现在已经忘了，只记得坐了很长时间的车，在车里女学生是最闹腾的，随之而来的是女老师的嗔怪，师生之间在这个时候常常没大没小，而我作为新加入的一员被遗忘在一边，我不会说他们的方言，年龄又最小，只是看他们一路闹着，毕竟在当时，出一趟远门是多么奢侈的事情。现在回忆起来，这次远行已经变成了一些碎片。我们看了文工团的表演，在海安人民大会堂，大会堂好大，一排一排礼堂椅，和现在沙发式的礼堂椅不同，是个木头片片，我个子小，翻下来坐就看不见，把它立着坐在边边上又硌得屁股疼，只好一会儿坐在扶手上，一会儿坐在边边上。舞台好大，灯光好亮，演员们穿着鲜艳的演出服，穿着和电影上的样板戏一样的服装，唱戏，跳舞。演出完了以后，我们走进后台，和那些大演员小演员零距离接触，我不记得学了什么表演，但是却记得跟小演员学会了海安几句方言，虾是哈儿，嘴是举，小孩儿是背巧儿，小板凳是爬爬凳儿，什么东西是什呢搞子……我在没有学会如东方言的时候就先学了海安方言，这是不是也算是一种缘分呢？

十多年以后，我快完成大学的学习了，我上的是师范，将来是要当老师的。在毕业前，与许多师范院校的学生一样，我们将有一个月的实习期。巧的是我被安排到海安县中学实习，就是现在大名鼎鼎的"海中"。这次实习是我与海安的又一次机缘，我教初二语文。我们实习小组每个人只分配到两节课，我们从备课开始，第一

次写教案，第一次与学生接触，第一次站上讲台，这对一个刚刚开启社会大门的学生来说一切都是新鲜的。七九级的学生年龄悬殊还是很大的，我的同学最大的比我大十来岁，他们都是在社会上摸爬滚打后再重返大学校园的，而我当时只有十八岁，学生比我也小不了几岁，所以他们自然没有把我当老师看，而是当成了他们玩伴，下了课就一起踢毽子、跳皮筋，平时在年长的实习老师面前规规矩矩，到了我面前就嬉皮笑脸，嘻嘻哈哈，搞得我一点老师的威严都没有。但是，让我十分感动的是，我的那一节公开课。

　　一个月实习快结束了，每个实习点都会有几堂公开课，学校会派老师下来巡察听课。我被安排了一场公开课，为了这堂课，我作了充分的准备，能用的资料和教学手段都用上了，并且一遍一遍地说课让我对教学安排了然于心，我这时唯一担心的，就是学生们的配合，虽然海中的学生本身很优秀，但是他们是不是认可我这个小老师？能不能给我一个面子，让我把一堂课顺顺利利地完成下来？我真的是一点底都没有。上课铃敲响了，学生出乎意料地安静，他们随着我的导入语进入了情境，每个环节都丝丝入扣，回答问题的准确度就不用说了，连平时不爱发言的学生都举起了手，重点难点，节奏的把控都是恰到好处，而当我说完最后的结语时，下课铃刚好响起。这堂课受到了听课老师的好评，点评老师的赞美之词让我听得都要脸红了。我太感谢海中的这班学生了，他们一定在心底里还是认同我的，是他们的配合给了我这个未来想成为一个优秀的老师实习生以足够的自信。这么多年过去了，我与他们早已毫无关联，但是他们一定没有想到当年赠送给我的那些照片我还一直保留着。

　　当然，我与海安的缘分最深的，还是在大学里遇到了汪政，他

分割的空间

是海安人。我大学毕业后分配到如皋师范工作，我们就开始了如皋－海安两地的来来往往，骑车从如城出发，一路向北，从城里的柏油路骑到乡村石子公路再骑到两边都是庄稼的烂泥路，或者从西场出发一路向南，从烂泥路到石子路再到柏油路。骑着骑着，我就成了海安的媳妇，从此，我就是真正的海安人中的一员了。

回想起来，我和海安的缘分也有了四十多年了呢。

紫金文库

行行重行行

　　我和丈夫来到医院的时候，医院还没有上班，有一种难得的空阔和安静。进大门，我望了望右侧的小卖部，就在昨天，我在这儿给女儿买了一套玩具，去探望时带给她，她很开心。我在一旁看她玩，心里想着明天。她不知道，明天意味着什么，只顾玩儿。探视的时间快到了，我不忍见她舍不得离开我的样子，便让丈夫多陪她一会儿，我先下楼了。走到楼下不久，听到上面孩子的一片哭声，我仔细分辨其中有没有她的声音。一抬头，看到一个稍大的男孩趴在窗口向楼下喊："姆妈再会，外婆再会，外公再会——"下面的人边挥手边流泪，说不出话。我认识那孩子，8床的，和我女儿都排在明天手术。这时，丈夫匆匆过来说："给护士抱着，没哭。"我望着他，愣在那儿不动，他硬硬地说："别搞得不吉利，懂吗！"我看看他的脸，气色很不好，我知道他也和我一样，想着今天见了，明天便不能相见，也许，就是永远再不能相见了。我想那些病

分割的空间

孩的父母，定和我们是同样的心情，只不过大家都不说出来罢了。每次探视，家长都是大包小包，吃的玩的，平时孩子想要而没舍得买的，全都补上了，今天就让他们尽情地吃吧、玩吧、乐吧，因为对于他们来说，也许就没有明天了。

"小儿心胸外科"设在急诊楼的三楼，两扇玻璃门隔开了里面和外面的世界。每天，都有一些惶惶不安的人等候在门口，有医生或护士进出时，大家便伸长了脖子朝里张望，其实也看不见什么，偶尔瞥见一眼，里面那种严肃、忙碌、紧张的气氛让外面的人更觉沉重。我和丈夫在门口的长椅上坐下，木然地看下夜班和上早班的护士进进出出。我觉得这样的气氛很不好，便说："这会儿她在哪儿呢？"他说："肯定不让吃早饭。"我说："真不知要怎样地喊饿哩。"他不作声。现在想想，我那时竟会担心她饿，生死关头，饿又能算什么呢？

女儿得这病，跟我有直接的关系，我时常深深地自责自己，恨不能代她去病，代她去遭这份罪。每回她躺在床上，脸色苍白，用发紫的小嘴喃喃地说妈妈我难过我难过的时候，我真好比有万箭穿心。有一回她问我："妈妈，我怎么会得这个病，别的小朋友怎么没有？"我无言以对，只能在心底里祈求她的宽谅，发誓一定要治好她的病。没事的时候，我和丈夫就谈她的病，报上说有千分之三的新生儿患有先天性心脏病，心里便松一松，不幸的也不只我们两个，可看看周围的孩子，个个棒棒的，又觉得自己怎么就没能加入那千分之九百九十七的行列而偏偏落到那千分之三呢？可见天不公平，于是又不免长吁短叹，叹孩子命苦，叹自己命苦，叹人生的残酷、辛劳和无望。丈夫读《世界一百位作家谈写作》，翻着翻着，便把书往床上一摔说："我为什么写作？我为什么写作呢？我为我女儿写作！"说罢潸然泪下。我知道这话的意思，女儿做手术需要钱，需要大量的钱，大量的完全由自己出的钱，而我们除了会读几本书，写几页东西，上哪儿去挣这许多的钱呢？唯一能做的，就是写，写，不停地写，写到深夜，写到黎明。稿费来了，巴巴地攒起来，动辄拿出来就着算盘拨拉，再对照医院开的价，算有了多少，还差多少，算得两个人在灯下相对无语，黯然神伤。

正因为她是个病孩，我才那么企图让她快乐地活着。但当她无知而无邪地嬉戏时，我又无法排解心中反面的联想，我真正地意识到作为一个女人的敏感、软弱和妄想的不可救药。不知多少次，我从噩梦中惊醒，汗如雨下地望着酣睡中的她，望着她疲小赢弱的躯体，感觉中生死真如薄纸，又如一道门槛，有时，我神经质地对她大喊坚强、挺住，懵懂如她怎知我的心？我是实实在在地担心她会一不小心就跨过去了。死，确实是容易的。我终于认命，女儿是不能像其他孩子那样活着的，这本不是她的错，可她就是比别人少了许多的权利。她不能奔跑，不能尽情地玩耍，别的孩子蹬着小三轮儿满世界转，她也想，我也给她买，可她一脚也蹬不动。更多的时间，她是躺在床上，蹲在地上，或是瘫坐在任何一个地方。那天，她又听到楼下有小朋友的叫喊声，定要我抱她去看，她是那样目不转睛地看，看得我心酸。她说等我病好了，我也能这样去追小朋友了，说完两手攥拳，做出奔跑的姿势，眼睛眯成一条线，喊着"萌萌来啦——"，仿佛她已不在我怀中，而在奋力追赶似的。人的愿望总是没有尽头的，好了还要好，许多孩子能在大人面前说出一大堆的理想，因为他们有起码的生的权利。而我女儿的愿望就是能追小朋友，她的理想就是真正地奔跑着喊一声"萌萌来啦——"，想来是多么的卑微。

分割的空间

有首歌这样唱：外面的世界很精彩，外面的世界本无奈。对于我女儿来说，那个精彩的世界她只能用无奈的眼光注视它。随着她的渐渐懂事和疾病的加重，她也就不再去追寻那个精彩的而却让她无可奈何的世界了，她把眼光投向我们的小小天地。屋里铺上了地毯，不为漂亮，只为她能累了随地躺一会儿；二十厘米高的方桌，为她能跪着玩玩玩具，画画画儿。就在这张桌子上她画出了许许多多的画儿，画上的孩子姿态各异，奔、跑、走、跳，唯她不能！我在以后的日子里把她的画整理了一下，发现画得最多的便是医院、医生、护士和病人，她画的病人一律是孩子，一张小小的床，一床小小的被子盖着一个小小的身体，而旁边吊着的盐水瓶却是巨大的，我不知道她为什么老是那样画，也许在她一切都很自然，那便是她心灵的真切的感受，她在这个偌大的世界里确实感到了自己的无限的渺小和孤立无援。

医生是我女儿的上帝，是他们医治好了我女儿的病。

劫难过去，阳光多么美好。此时伏案窗前，那扶疏的树影都让我感动不已。"我不需要什么／我只想悄然地活着／我不需要什么／只是忧伤不要太多"，原来我的理想也是如此的平凡和卑微。女儿已言笑如常，绕床膝下，我尽情地享受这迟到的天伦之欢爱。

女儿问我在写什么，我说在写你，她便一脸的迷惑。对过去的岁月，她能记得多少呢？又能留多长的时间呢？

丈夫说，你希望她怎样？

我默默无语。唯我们，点点滴滴在心头。

涂画天地

我就是这样的一个母亲，但随着时间的推移，我才渐渐明白所有的孩子都是爱画画的，但并不是所有的孩子都能成为画家。孩子对绘画的迷恋是因为他们寻找到了一条最形象、最直观、也最方便的通往外部世界的途径，在绚丽多彩的图画世界里，他们可以表达心中的理想和对世界的认知。正是在这个意义上，绘画是非语言的"语言"，是孩子们对外界言说的工具之一。他们把脑海中飘飞的画面，用色彩和线条定格下来，有时是静静地画，有时是边画边说，但不管怎样，对孩子的心灵来说都是一次自由的放飞，在这个年龄段里，应该鼓励他们去画，这对培养孩子的形象思维能力，空间想象能力都是有好处的。

从女儿出生开始，我就给她记录下每一阶段的发展情况，一在第21个月时，有这样的记载："爱画图画，手已很灵活。"旁边还贴着一张她23个月时画的小娃娃的头像，鼻子、眼睛、嘴巴都全

分割的空间

了,还画了帽子。

也许每一个细心的母亲都会发现,在不知不觉中,孩子就迷上了画画,开始往往是握着笔信手乱涂,他们在白色的纸上画满直线和曲线,这被称为"涂鸦期"。孩子的这一新的举动会让母亲感到无限的欣慰,因为从这时开始,孩子能很长时间地做着这一件事情,渐渐地,就有了形状,渐渐地,就有了含义。如同孩子在纸上画下了他的梦想一般,做母亲的也在心中画出她五色斑斓的梦:如此小小的年纪就喜欢画画,画得还真像那么一回事,想象是那样的丰富,线条是那样的大胆,色彩是那样的奇特,长大了不就会渐渐地淡下来,因为这时他(她)开始学习高层次的语言,很快地他们发现了语言的更大优势,也许从这个时候起,他们中的不少人放弃了绘画。

在我对女儿的观察中,我也发现七岁的女儿在画画上花的时间越来越少,取而代之的是大量的阅读。从图画的天地转向了文字的天地,她的语言变丰富起来,她经常对我说:"我在看书、讲故事和说话的时候,脑子里就会出现相同的画面。"这个转型是可喜的,我认为这实际上是从低级思维走向了高级思维。

如果孩子不是一个绘画的天才,那么他(她)必然会有这样的转型,不必沮丧于孩子对绘画的冷淡,而应该看到这正是他们的成熟与进步。

紫金文库

女儿集邮

关于邮票的来历我是听女儿说的，说是缘于送信人与穷姑娘之间的一场争吵。当时的信封上还没有使用邮票。而是由收信者付送信费，姑娘因为实在穷得拿不出这笔钱，便和远方的哥哥约好，在信封上画上一个圆以示平安，所以姑娘无须拆信而只需看到信封即可知意，但送信人的劳动却没有了报酬，于是有了邮票，发信人需付足邮资方可把信寄出。故事是女儿从一个儿童读物上看到的，邮票是否真的起源于此暂且不谈，但小小的一方邮票的确起了相当大的作用，越过大洋，越过高山，天涯变为咫尺。

现在集邮的人是越来越多了，谈起来，似乎人人都有过集邮的经历，许多人为永远的保值甚至升值而集，许多人为买进卖出从中获利而集，还有许多人是为美丽的图案、漂亮的造型和精致的印刷而集。我在少年时代曾经集过一阵子邮，自然那时邮票还没像今天这样被炒得如此红火，我也不懂得其中深奥的学问，什么发行年

分割的空间

代、发行数量、存世数量、邮票正误、艺术价值、品值、面值等等，只是觉得漂亮、好玩而已，我从父母、亲戚、同学的信封上撕下一张张我没有的邮票，随随便便地夹进一个笔记本里，当然全都是盖销票，里面有相当的数量是"文革"前和"文革"中的邮票，但后来我对它们失去了兴趣，随手送了人，如今每每与集邮者谈起，都令他们扼腕叹息。

重新唤起我对邮票的注意，唤起我对那段少年往事的回忆，是因为女儿有一天忽然说要集邮了，于是，她翻出我们的所有邮件，从上面把邮票一一剪下来，不管它们是否重复，然后满满地泡了一大盆，自然那里面最多的是八分面值的天安门和两角钱的上海民居，帮女儿整理邮票时我才发现现在的邮票的确与我当年集下的不同了，尽管它们的价值与那些陈旧的邮票不能相比，但现在一枚普通的邮票设计和制作都是相当讲究的，在这里你可以看到浓缩了的社会与文化、自然与生命，方寸之间真是别有一番天地。

我给女儿买了两本集邮簿，一本夹上平素收集到的零散邮票，另一本则是存放我带她去邮票公司买的成套的邮票，在那里，我和她挑选那些我们认为的最精美的邮票，这样的购买常常让柜台旁的集邮者大为不解或嗤之以鼻，因为那当中许多是没有什么收藏价值的。然而我喜欢它们，女儿喜欢它们，在邮票与人的关系被商业社会不同程度地异化了的今天，我们是纯粹的欣赏者，完全是以审美的非功利的态度对待邮票的，我想这也许才是与邮票保持的最自由、最天然的缘分。

紫金文库

在母语的世界里

好多人都以为，孩子语言的习得是单纯地从对成人的模仿开始的，而我对女儿语言教育却是从我对孩子的模仿起步的。我认为，言语的关系是一种互动的关系，相互的理解是首要的前提。因了这理解，我和女儿形成了原初的对话关系，我运用女儿的呀呀之声和她交谈，这些在今天看来连女儿也觉得可笑的交谈还完好地保存在磁带中，从里面可以分明地感受到孩子的兴高采烈。似乎在她看来，说话显然是一件并不费难的事，因为当我对她提出我的问题的时候，她会十分认真地用长长的一连串的音节来回答我。后来，她常常凝神于我的一些陌生的信息，她开始注意我的口形和发音，我的语言的比重在她的声音中不断增加。和一些年轻的母亲不同，我注重的是孩子对汉语语音的把握，我很少指着某个实物一遍一遍地教孩子发音，而对孩子语言中的所谓错误我更是采取相当宽容的态度。

我深知，我扮演的只不过是一个启发、引导的角色，关键是

分割的空间

开发孩子的语言潜能，是唤醒孩子的欲望，这是打通孩子与我们这个世界对话的通道。如果将孩子的那些自在自为的呀呜之声置之不理，或者自以为聪明地将自己的"正确"语言强制性地倾倒给孩子，都会延搁孩子语言能力的正常生成。

而一旦孩子获得了初步的说话能力之后，我们就可以大胆地让孩子运用它。孩子的潜力和速度是惊人的，表现出极强的复制能力和创造能力。你几乎无法知道她是如何理解和掌握那些复杂的语言现象的。大约在一岁不到的时候，女儿已经开始明白每一个意思都有它固定的发音，她一点一点地学习单词，再慢慢地把名词与动词、与形容词结合起来，然后再联成句。现在打开录音机，还能听到女儿那吃力但却体现了对语言的认知的句子："爸爸让萌萌下来开拍拍（注：幼儿歌曲磁带《小手拍拍》）给萌萌听吧。"不难想象，当女儿把这样一个复杂的意思用语言表达出来，在我们，在女儿，那将是一份怎样的欣喜呀。

女儿学会了说话后，我就开始和她一块儿说儿歌了。让我感到她的与众不同的是，她喜欢模仿着儿歌自己编出新的来，比如，学了"小蚂蚁，爬爬爬"就编出"小电话，喂喂喂""小袜袜，臭臭臭"来，学了"月亮走，我也走"就编出"星星走，我也走"来，还有"小飞机，飞呀飞，飞在蓝天里""荡秋千，荡呀荡，荡到白云上"，虽然幼稚，但却表现女儿对母语的纯正而崭新的感觉，表现了她不满足于日常的语言，而努力向富于美学风格的语言靠拢的不自觉的努力。

再过几天，女儿就要上小学了，现在，七岁的她已经能充分驾驭自己的母语，非常准确而流畅地表明自己的想法和观点。这使作为她母亲的我十分欣慰。

山高水长

一个站立在悬崖边的族群

因为飞机晚点，到达梅州时已是深夜。汽车在几乎没有灯光的暗夜里穿行，朦胧中，高大的树木从眼前划过，可以感觉得到南国的幽深与湿润。

在鸟儿的鸣叫里醒来，窗外微雨初歇，我们的梅州行正式开始。虽然早就知道梅州是客家的集中居住地，但一直生活在长江岸边的我对客家文化实在是所知甚少。曾经在教书的时候，跟学生讲解过客家方言，告诉学生它是中国七大方言之一，是不同于南北方言的一个独立的分支，至于客家话是怎么来的，为什么会形成这样一种特殊的方言便不是蜻蜓点水式的讲课所能深入到的。

而现在，踏上梅州的土地，客家话便不绝于耳了，女孩子们说起来曲折婉转，男人们则带着浓重的喉音。虽然注意地听了半天，一句也没能听懂，但总算是学会了一个第一人称的字"偓"，客家人就是这样称呼自己的，这个字在字库里都没有收入，是单人旁加

分割的空间

一个悬崖的崖的下半部分。在客家博物馆,迎面而来的就是这个巨大的"偓"字,占满了一面墙,可见这个字在客家文化里的分量,用讲解员的话来说,它就是客家精神的体现,客家人创造了这个字,人站在悬崖的边上,每走一步都如临深渊,客家人时刻在提醒自己身处危机之中,需要不停地奋斗。的确,这个族系在历史上就是一个不安定的群体,据说它们曾经经历过六次大迁徙,客家先民发源于中原河洛一带,自东晋以来,为躲避战乱和灾荒,数次被迫大批向南迁移,辗转到闽、粤、赣交界之地,由于不断迁移,每到一处都如同过客,当地人称他们为"客"或"客人",他们自己也以"客"自居,最终"客家"成了这个族群的代称。在博物馆里有一副对联,上联是"晋唐南迁始河洛继赣汀终聚嘉应皇皇客都中州文明光大地",下联是"明清西徙历婆罗踵五城更布全球泱泱华夏乡帮俊杰大展宏图",它既反映了客家的过去和现在,也展望着客家未来。

一个以"客"为称的族群注定是会有一种不安定、不安全之感的,所以他们抱团取暖的心情才特别迫切。这种感觉在我一次次走进他们的围屋时越来越强烈。我们首先看到的是大埔的蓝氏泰安楼,这个已经有700多年的历史的建筑,至今依然稳稳地站立在那里,它的外墙像城墙一样的高大威武,有十几米高,近一米厚,大大小小石块嵌在墙里,给人坚硬、稳固、凛然不可侵犯之感。大门和窗都很小,与房屋的整体很不相称,与采光和通风相比,客家人一定是认为防御更为重要。走进大门,里面别有洞天,中间是方形的二堂二横的祖祠,外环是一个三层的弧形小楼,青砖黑瓦,在远处青山的衬托下,气势巍然。据说蓝氏的后代依然在这里生活,但我们楼上楼下转了一圈,都没有见到人,唯有木梯,古井,长满苔藓的卵石地面，似掩似闭的门，红色的对联和灯笼，竹竿上晾晒的衣服，门边载重的二八杠自行车，在默默诉说着蓝氏族人的过去和今天。

　　因为时间的关系，我期待的林氏花萼楼的参观临时取消了，我只能在图片和书籍中一睹它的面目。花萼楼比我们看到了泰安楼还要早建一百多年，与泰安楼前方后圆的造型不同，它是标准的圆形土楼，而且是三个大圆，内环是一层的平房，二环是两层楼，三环是三层楼，这与我想象中的客家人的守城建筑相吻合，越中心，越低矮，越安全；越外围，越高拔，越抵御。据说它的门楼上还有蓄水池，有孔眼导出，那是为了防御火攻的装置，外墙开的是窄竖的长窗，平时通风战时则可以作为枪孔，可见客家人为了族群的安全真是煞费苦心。

　　一路上，老是听到"围龙屋"这三个字，我开始以为客家人的屋子都叫围龙屋，其实不然，客家人把它们的住处统称为"客家围"，而围龙屋只是其中的一种。客家围屋充分体现了中国的传统礼制、伦理观念、阴阳五行、风水地理和哲学思想，这也是客家文化的精华所在，而它的建筑艺术更是让人叹为观止。我们在梅州的南口镇，就看到了这样一个别致而完整的围屋——"南华又庐"。

　　穿过一片稻田，首先看到了青山掩映下的一排民居，它背靠青山，面向平原，前低后高，自然浑成，与周围的景致完美地融合在一起。同行的梅州朋友告诉我们那是南华庐，建成较早，但格式较为简单，而我们要去的是它对面的南华又庐，因为创建人希望能秉承南华庐的传统，便起名"又庐"。

　　走近南华又庐，果然气象不凡，砖砌的围墙里面有一个宽敞的院落，主体堂屋的大门上"南华又庐"的匾额十分醒目，稳健敦

分割的空间

厚又不失华彩，匾额上题有"光绪三十年"的字样，表明它于光绪三十年即1904年建成。大门两边有极细腻的工笔纹饰，线条轻盈流畅，色彩斑斓，横梁上的木雕和彩绘也显出主人的喜好和性情。南华又庐最值得称道的地方是主人的大手笔和大气象，它占地一万多平方米，房屋的中轴线上是上中下三堂，左右两侧各有四堂共计八堂，号称"十厅九井"，是此房创建人潘祥初为8个儿子精心安排的，每一堂也是一个独立的围屋，在围屋的后面是枕房，各堂的厨房都集中到这里，再后面还有一座大果园，它的场面和气势真是别的围屋很少能及的。据说这个围屋全部建成花费了18年的时间，房子的创建人潘祥初先生少时家贫，长大后去南洋淘金，生意越做越大，潘家从此兴旺。相传兴建房子所用的木头都是经过精挑细选的上等木料，从南洋水运过来，而石刻则在潮汕那边定做，雇人挑过来，至于用了十多万大洋还是多少，虽不能考，但要建成这么大的群落可以想见所耗不菲。

　　我没有去细数它有多少间屋子，在里面转得真有点晕，从堂屋到花园，再从花园到走廊，从楼下到楼上，一间一间的屋，一个一个的天井，楼和楼之间还有天桥相连，它们既各自独立，又连成一体，分中有合，合中有分，再加上点缀其间的小花园和树木盆景，真是有目不暇接之感。尤其让人感觉到诧异的是围屋的两侧还各有一个戏台，是当年看戏打牌的地方，虽然现在或许已作别用，但仍可以想象当年的热闹场面，8个大家庭生活在同一个屋檐下，老老小小也有上百号人吧，如今安静的老屋里曾经是怎样的人头攒动，欢声笑语。

　　在一个干净整洁的小天井里，我遇到了一对老人，他们是一直居住在这里的潘氏后代，不知道是不是语言的障碍，他们似乎不太愿意回答我的问题,当我举起相机的时候,也有意回避了我的镜头。他们一直保持着谨慎的姿态,让我不能深入地探访,直到看到我在细细打量那一幅挂在墙上的国画时,老人才有些得意地说那是她孙女画的,画面上两片芭蕉叶和三只小燕子,题有"燕赞蕉肥潘嘉维画"字样,有些稚拙却透着灵气。潘氏后人多有成就,无论做官、经商还是在学术领域均有杰出之才。在一张老照片上,我看到了一群风流倜傥、自信满满的年轻人,他们穿着西装旗袍,在南华又庐原先的铁艺院墙前摆出各种随意的姿势,很文艺的样子,这张颇有现代感和西洋感的照片与老宅形成了鲜明的对比,客家人就是这样,走出去再走回来。但是我总感觉到,这群看似走出村落走出国门的人,当他们重新回到客家的聚集地,重新来修建自己的家园的时候,他们的危机感和不安全感会再次涌上心头。因为我分明看到了这座房子与其他的围屋一样,防御工事修得相当仔细,它除了在最高处建了两个炮楼外,在围屋的四周都有观察口和射击口,从观察口往外望,周围的情况一目了然,而从房屋的外观整体上看,这些小洞却不易被人发觉,所以,当危险尚未到来之时,他们便可以早早地做好准备了。这真是一个站立在悬崖边的族群。

走出南华又庐,已是黄昏,四周是稻田,青青的稻谷映着夕阳,宁静,安详。曾经在外族入侵时被迫南迁的客家人饱尝过颠沛流离之苦,如今风调雨顺,那种危机感也许不那么强烈了吧,但是我想,保全自己,不妥协,不受辱的客家传统和精神恐怕已经深入骨髓,他们会不停地奋斗。无论是有意识地顽强地保留方言母语的语言心理,还是建造庞大的族群聚居的围屋,还是那些振聋发聩的名字,都让我们油然而生敬意。

分割的空间

遇见垦丁

飞机降落在台北桃园机场时，天空灰蒙蒙的，正下着雨。走出机场，寒风吹来，竟比南京还凉些，心里直后悔衣服带少了，夏天的衣裙估计也穿不上了。前来接站的夏潮基金会的老朋友晓平似乎看穿了我的心思，她安慰我说，到垦丁就热了，30多度呢。

真是孤陋寡闻得很，这是我第一次听到垦丁这个地名。在立德会馆的大床上摊开地图，查找那个传说中的垦丁，终于在台湾南边的那个尖尖角上的最尖尖儿的地方找到了它。

果然如晓平所说，当我们一路风尘来到垦丁时，强烈的日照和高温不但让我换上了裙装，还买了一顶太阳帽和一双夹脚拖，晓平打趣说，你干脆再买一套沙滩衣全部换成台湾新衣吧。

垦丁是台湾的旅游胜地，各式各样的旅店在垦丁的街头随处可见，都用极其鲜艳的红、黄、蓝、橙和夸张的造型来装饰外表，它们大多面朝大海，所以很多旅店做成船的模样，站在阳台上就像站在舷舱外,与前方湛蓝湛蓝的大海相呼应。旅店的名字也很有趣,"巴里巴里""艾比莎度假""希腊风情""大弯山庄"等等,我最喜欢的店名是"遇见垦丁",仿佛是一次不期而遇,又似乎是冥冥之中的安排。

我们在一个小而干净的小旅店住下来,服务员是个胖胖的女生,她笑眯眯地帮我提行李并带到房间,我说谢谢,她照例像所有台湾人那样回答:"不会啊。"与"不用谢""不客气"相比,"不会啊"听上去的感觉柔柔的,体贴,不生硬。我的房间小巧精致,墙纸是炫目的红色图案,感觉像在歌厅里一样。楼下的大厅里有两台电脑可以上网,我觉得在这里写一篇博客也挺有意思,于是在电脑前坐下,没想到找不到拼音输入法,更不谈五笔,他们是用"注音符号"给汉字注音的,无奈之下,我用拼音字母写了一段话:

Wo zai Taiwan

Li kai Nan jin yi jing yi ge xing qi le,wo zai Taiwan,wang le dai dian nao,yi zhi bu neng shangwang. Jin tian dao le Taiwan de zui nan bian:Kending,kan dao le wo shu xi de jie mian,xiang xie yi pian bo wen,ke shi Taiwan de shu ru fa wo wan quan bu hui,zhi hao yi pin yin xie,hao xiang wo hui ying wen shi de,hao wan,he he.

因为不习惯,这段话写得很费力,然而没想到的是,博客上很快就有了来自远方评论:"你的英文,我全懂了。"更有细心的朋友竟做起了翻译:"离开南京已经一个星期了,我在台湾,忘了带

分割的空间

电脑，以至不能上网，今天到了台湾的最南边，肯定？看到了我熟悉的界面，想写一篇博文，可是台湾的输入法我完全不会，只好以拼音写，好像我会英文似的，好玩，呵呵。"她将"垦丁"译成了"肯定"，自己也疑惑，加了问号，看来不知道这个地名的人也不是我一个。

为什么叫垦丁呢？导游宝哥回答我说这里原先是一片荒地，清朝时从大陆来了一批壮丁到这里开垦，以后这里便被人称为"垦丁"了。因为是在台湾岛的最南端，所以三面环海，西边是台湾海峡，南边是巴士海峡，而东边则是一望无际的太平洋了。在垦丁，有一个非常奇怪的地方，叫鹅銮鼻，这三个汉字组合在一起读起来非常拗口，其实如果知道这里原来住着高山族的排湾人就不奇怪了，"鹅銮"在排湾语里就是"帆船"的意思，因为附近的海中有一块礁石，极似船帆，而"鼻"则是因为这里的地形突出如鼻子一般。"鹅銮鼻"其之所以著名，还因为这里有一座远东最大的海上灯塔，在一片椰林、草坪的尽头，白色的灯塔在阳光中屹立着，它每天都在给夜航船指引着方向。除了这块鹅銮石，还有一块石头在当地也很有名，因为它酷似尼克松，当地人就把它称为尼克松石。我们来到尼克松石的时候正是夕阳残照，巨大的太阳一点一点地隐没到山与海的后面，天色渐渐暗了下来，海面上风平浪静。

就在一切都归于平静的时候，垦丁的另一面展示在人们的面前，或许那才是真正的垦丁吧。宝哥再三提醒我们，吃完晚饭一定要去街上逛逛，有很多酒吧和舞场哦，他神秘地一笑。果然，当夜幕降临华灯初上，白天还很冷清的垦丁大街便突然热闹起来，路的两边摆满了小吃摊和小货摊，卖着各种小吃和旅游纪念品，也不知道从哪里冒出来那么多人，都是一身轻松打扮，三三两两地在街上

149

闲逛，酒吧和舞场的霓虹灯闪烁耀眼，屋内的音乐飘到大街上，廻荡在空气中。这种氛围自然会让人想到那个著名的"春天呐喊"，自从1995年Jimi和Wade首创了这个户外大型音乐艺术祭以来，垦丁的夜晚就又多了一个高潮，据说每年的春呐都会吸引二三十万的人潮，它既为创作音乐团体和个人提供了发挥的舞台，也带动年轻族群对音乐所宣扬的爱、和平、自由精神的追求。只可惜我们没能赶上那个节日，没能随着音乐和人潮恣意纵情喧闹一番。

在2012年的春天，我遇见了垦丁，这个充满着南洋风情的小镇深深地印刻在我的脑海中，我很想念它。

分割的空间

二进师俭堂

　　江南的古镇特别多，随手一指便是一座。小桥、流水、庭院是必不可少的景致，它们以其精致典雅、充满水气而有别于北方。震泽是个古镇，这些元素一样都不缺，桥是东西两头高大的古石桥——思范桥和禹迹桥，水是穿镇而过的荻塘河，庭院之首则当推师俭堂了。

　　第一次到震泽是五年前，它只是我们行程中的一个小站。或许主人认为震泽最值得向客人推荐的是师俭堂，所以我们直奔这个古宅而去。外围的施工尚未结束，我们穿过尘土飞扬的工地，走进了这个江南水乡的古老庭院。一进院子，我就有一种非常熟悉的感觉，因为它太像太像我外婆家了，虽然布局上有些不同，师俭堂是分南北两侧，南侧两进，北侧四进，而我外婆家则是分东西两侧，东侧五进，西侧五进。因为童年的记忆一下子被唤醒，我仿佛与师俭堂有了一种隐秘的联系，也因为我外婆家的老宅早已不复存在，因而我才格外珍惜与它的这次偶然的相遇。但是，由于行色匆匆，浮光掠影的一瞥让我总觉遗憾，心里默想着下次如果有机会，一定要好好看一看。

这样的机会果然来了。这次到震泽，又一次来到师俭堂，时间充裕，看得比较仔细。师俭堂在震泽的老街宝塔街上，前面说过，它是分南北两侧的，一开始我觉得有些奇怪，一户人家前后六进却隔街相对，岂不是一分两半了？而且，如果从前面数来，第一进就是临河的，大门岂不是开到河里去了？但是，仔细考量，才知道这正是宅主人的良苦用心。或许是因为是宅子的主人是集官、儒、商于一身，所以北边的四进厅堂完全是居家的庭院园林，安静而闲适，而南边的两进是个米行，人来人往，买进卖出，可以想象得出当年的热闹与繁忙。而且米行沿河，且有埠头便于运货。这样一来，一动一静，一商一儒，一俗一雅，功能划分得十分清楚。据说当年师俭堂是三面临水的，可以前门上轿，后门下船，实在是想得周到。站在埠头，有小舟拴在岸上，河水从门前流过，远远看去，有一座砖砌的石拱桥，倒映在水中的那一个圆真是别具风味。

师俭堂的结构还有更令人惊叹的地方，不知道当年是请什么人设计的，此人一定深谙中国传统私家庭院的美学思想，而且又结合了主人的要求和自己的大胆设想，所以，师俭堂给我的印象是既有传统，又有创新。比如天井。江南的民宅往往是四面房屋相互联属，屋面搭接的，中间是个小院落，因檐高院小，形似井口，所以叫天井。天井是内部敞开的空间，便于采光和通风，也是家人活动之处。师俭堂的每一进，几乎都有这样的天井，有一个很独特，叫"眉毛天井"，这个天井相当狭小，只是作采光用，人无法进入，但可以倚窗相望，而且这个小小的布局，使得整个建筑灵动而不刻

分割的空间

板,有分有合,若即若离。天井还有一个吉祥的说法叫"四水归一",就是说四面房屋屋顶上的雨水都流入天井,那也就意味着财源滚滚,归入堂中,作为商人的宅主人应该也是有所考虑的。再比如它的园门的设计也别具匠心,方形的圆形的园门是常见的,不常见的瓶形园门给我留下了深刻的印象,"瓶"谐音"平",寓意好,它瘦长如美人的腰肢,形态好,而且东西瓶门遥相呼应,一方面象征着平平安安,吉祥如意,另一方面园门又与周围的景致构成了一幅精美的小品。

当然,师俭堂更让人叫绝的是它的各种雕刻。门楼有砖刻,飞檐有木雕,裙板上还有漆雕。且不说门楼上用质地细腻的水磨青砖雕刻的各种神话传说、戏剧故事,雕工之细腻,形态之生动,也不谈它的镇宅之宝漆雕"宜子孙",在瓦当形的图案中刻着古朴的汉隶,既有吉祥美好之意,又有幽深的艺术境界,就是它的各种窗棂,也长长短短,各有各的形态,各有各的美感。我尤其喜欢那些细花透雕的雕花木窗,无论是开着还是关着,都别有韵致,若是有阳光斜射过来,窗棂上的花纹就会印在对面的墙上,如剪纸一般。

看完了宅子的主体,七弯八绕的,就进了一个小园子。江南的私家宅院大多是有园子的,园子对于文人来说是必不可少的,它是放松思想的场所,也是交朋会友的去处。师俭堂的园子在内宅的右侧,叫作锄经园。园子不大,是狭长的一条,据说只有半亩之地,但是正因为它的小,才显示出设计师巧妙的布局,这么小的地方竟然容纳了四面厅、梅花亭、半亭、回廊、黎光阁等建筑主体以及山石小径花草藤蔓,而且并不显得拥挤,它完全是依势而建,东边沿壁是一回廊,西边垒起假山,而假山上面又倚墙建了一个半亭,这样高低起伏、错落有致的安排显示出设计师的才智和宅主人的趣味。朱熹有诗云：半亩方塘一鉴开，天光云影共徘徊。这里虽无水，但半亩之园林竟能营造出如此幽美清静的一个处所，实在是不能不让人由衷地发出内心的赞叹。

　　走出师俭堂，最深的感慨还是这所建于1864年的宅子，在经历了一个多世纪的风风雨雨之后，还能保存得如此完好，这真是要归功于地方。一座古宅就是一段历史和文化的见证，它承载着历史的厚重和文化的延续。但是我们的许许多多的古宅已不复存在了，它们遭遇了如同我外婆家的老房子同样的命运，我童年嬉闹玩耍的庭院只留在我的记忆中，那青石板铺成的道路，那"庭院深深深几许"的幽僻，那高大的需要仰视的屋顶，那吱吱呀呀的开门关门的声音……幸亏还有师俭堂这样的地方让我们去观赏，去玩味，让我们的重新找回那段历史，让我们的灵魂有所依托。

分割的空间

诗游震泽

中国是个诗歌大国,几乎没有什么不可以入诗的,国事家事,花木鱼虫,眼里看的,心中想的,都是诗歌吟咏叙写的对象。当然不要说那山山水水,大大小小的地方了,夸张一点说,大约这地方只要有个名字称谓的,你都可以在诗中找到它的身影,更不必说像震泽这样的历史悠久、湖光潋滟、商贾云集之地。

中国文人为诗为文,皆讲无一字无来历。到了一个地方,总要刨根究底,细细推究它的历史沿革,一旦动笔,又都要查查古人是怎么说的。其实,一个地方总会有几种存在的方式,最主要的起码有两种,一是客观的实在的存在,一是纸上的、文字的、语言中的存在。乍一想,总以为纸上的存在是虚幻的,不真实的,但如果认真地再去想一想,那实在的存在反而是有限的、短暂的、虚幻的,不是吗?千百年来,高山为谷,深壑为陵,有多少个地方经得起风吹雨打呢?震泽算是幸运的了,我们还可以看到一本堂、思范桥、师俭堂等景观，但震泽的历史显然要比这些景观长久得多，丰富得多。何况，即或这些景观看上去一仍其旧，但也早已物是人非。要知道，景观最本真的意义是人的生活环境，师俭堂真正的生命是徐氏当年经商的时光，那时，人丁兴旺，家业辉煌，临街，门庭若市，沿河，帆樯林立，而如今，只成为游客过访之地，走马观花，匆匆一游，岂是它存在的本意？所以，真正留得住历史，并能让后人从中一睹当年生活岁月的反倒是文字。是那些文字，叙述了一个地方的过去与现在，描绘了不同时期的民风民情，山川风物，让人如临其境，更有兴味的是抒发了写作者彼时彼境的感受，真的令人生出无限遐想。文字不但记叙了地方，而且阐释了地方，塑造了地方。一个地方的文化是一个地方的居住者长期以来生产生活积淀的结果，也是文化人对这个地方书写、发现、总结、提升、发扬、传唱的结果，如果一个地方没有了文字的参与，那这个地方可以说不但历史淹不可闻，而且缺少了精神与灵性。

所以，每到一地，我常常由眼前之景生出许多的想象，想象一个地方的前世今生，想想哪朝哪代，有什么样的文人如我一样曾经走过这里的山山水水，他有怎样的观感与心情，他都想过什么，说过什么，写下过什么，我会进入到那文字讲述的地方，流连忘返。

到震泽当然更不例外。我在震泽的历史中看到了许多文学史上熟悉的面孔，陆龟蒙、张志和、范成大、金圣叹，以及许多诗文高手，他们或者就是震泽人，或者长期客居震泽，或不过是云游中的偶一驻足，但都曾被这片土地所吸引、所感动，于是，或铺纸援笔，或抬须长吟，留下了许多华彩诗章，给后人传下了如梦如幻的"诗中震泽"。诗人们在诗中描绘了烟雨迷茫中的湖光帆景，粉墙黛瓦，春天里的草长莺飞，夏天里的田田荷叶，秋天里飘飞的芦

分割的空间

花，冬日里的寒水凝碧，还有那翠绿的桑叶，洁白的蚕茧，喧嚣的市声，寺庙的暮鼓晨钟，连同田头村姑们的嬉笑、烟波里的渔歌唱晚都一一跃然纸上。我对清代学者徐崧《柳塘八景》的诗境向往不已，他不仅逼真地写出了震泽当年的胜景，抒发了一个文人典型的思古悠情，更时时以活泼的笔调，描摹了一幅幅世俗的生活场景："喧喧笑语听巫歌，里社祈神父老多。椒酒绣袍三献寿，围看尽道醉颜酡。"这是多么温馨、喜庆而又幸福的生活。至于"点点渔灯映水汀，谁嗟敝笱浸三星？吴歌唱罢炊烟起，沽得村醪醉未醒。"真的让人心生艳羡，直叹余生也晚。

  这是一个江南的震泽，文人的震泽，文字的震泽，也是一个被诗歌塑造的震泽。它所描绘的那个震泽虽然早已远去，但谁又能否认，今天的震泽依然被这古老的诗意滋润着呢？

  品味了诗中的震泽，定会对眼前的震泽有新的感受吧？

紫金文库

与一棵树相遇

一路风雨兼程，到达连云港时已是黄昏。在开发区的宾馆住下，窗外乌云沉沉。随即翻了一下第二天采风的行程，上午去两家企业，下午去看文化遗存，这其中的第一项就是"参观中云金苏村千年白果树"，有些疑惑，一棵树也需要这样专门去看？

桌上早已放好一套中云文化丛书，《史迹遗存》和《云龙名涧》回答了我的疑问，它们分别记载了这棵白果树的来历。在开发区中云街道的金苏村村南的山脚下，有一个崇善寺，它建于唐开元六年也就是公元718年，距今已有一千多年的历史。我们要去看的这棵银杏树就种在寺前，它距今有1300多年的历史，是连云港市的"银杏王"。崇善寺赵《续志》中记载，庙南有大银杏，树围三丈四尺，乡人呼为神树。又崔《志》记载：此树近围之，凡三丈五尺，距赵氏所见，时已阅百年，仅长一尺，则此树之久可知。

其实，白果树即银杏树并不是一种很难见到的树种，寺前种银杏树也很常见。因为相传佛祖释迦牟尼是在古印度摩揭陀国伽耶山的菩提树下彻悟成佛的，为了纪念佛祖，并表示对佛教的虔诚，寺庙中常常种植菩提树，但因为菩提树是热带、亚热带的常绿植物，在温带和北方寒冷地区很难生长，因此常常又以有植物中的"活化石"之称的银杏树来代替。银杏存活时间长久，而且它粗大的树干能衬托出大雄宝殿的雄伟壮观，而它的叶片繁茂密郁，又很洁净素雅，恰好体现了不受凡尘干扰的宗教意境。

虽然到过很多寺庙，也见过很多古银杏，但是中云金苏村这棵银杏还是同行的作家们为之一震，站在这棵千年古树跟前，一时大家都默然无声了，它树体的高大雄伟自不必说，关键是它在经历了千年的风雨之后，依然是一副壮年的模样，枝叶茂盛，生机勃勃，毫无老态龙钟之感。我走上前，抱住它，其实只抱住了它的一角。树的周长超过8米，必须有5个"我"才能合成一圈。向上望去，它巍巍然直冲云霄而去，密密的绿叶如同一把擎天大伞。站在树下，你会感觉到自己是如此的渺小。

与一棵树相遇，与这样一棵树相遇，确实不由得人不心生感慨。所谓物是人非，所谓树犹如此，人何以堪……但是，面对这样一棵，我所感念的不是这样思古幽情，也不是那种人生苦短的惆怅，而是一种欢欣，一种对精神绵延与文化生生不息的赞叹。这样的一棵树，在这儿，已经不仅是一株植物，表明的也不仅仅生命的旺盛和时间的长久，而是一个象征，一种文化符号。中国的文化丰富多样，博大精深，自然的景观与人文的景观都不是简单的存在，它负载着上苍的意志，传达着人间的消息。一棵树，千年之间，看过了多少风云，历经了多少往事，又与多少生命相应答，互交流？我想，每一个来到大树下的人，都不由自主地展开想象，都有那么一刹那，时间与空间仿佛不存在了，一种恒久与苍茫，崇高与超越的思虑与情感会充溢心间，而当他离开这棵树的时候，他肯定会向它诉说，托付，他也一定相信，树读懂了他全部的心事，并且把这些心事告诉那些命中注定要来到树下的人们。树，由此成了命运与心意的信使。

至少我是这样感悟的。也正因为这样，我理解连云港的朋友为什么要让我们去看望这棵树，又因为如此，就在这儿，在树下，我不仅感觉到了那种苍茫的久远，更感觉到了鲜活与朝气蓬勃，它显然在告诉我这片土地的新生，这片土地上新的人和事。此中有真意，欲辩已忘言。

当我意识到这些，再看看身边连云港的朋友们时，真的觉得人与树竟有那么多的会心。

分割的空间

山不在高有仙则名

　　一直喜欢喝茅山青峰,喜欢它挺直如剑的外形,喜欢它绿润明亮的色泽,喜欢它高爽鲜醇的香气。

　　一直喜欢读诗人们吟咏茅山的佳篇,无论是"华阳洞口片云飞,细雨蒙蒙欲湿衣。玉箫遍满仙坛上,应是茅家兄弟归。"还是"三茅高出七山巅,顿隔尘沙道路千。灵籁萧萧风笛弄,奇形奕奕陇牛眠。人间已有嘉平帝,地下谁通句曲天。幸喜吾庐居在此,时从寄傲任悠然。"抑或是"一壶幽绿,爱松阴满地,蕊珠宫府。老鹤一声霜衬履,隔断人间尘土……"都让人感觉到山光水色如在眼前,在流连回转中早已忘却身在何处……

　　但是,只有当你实实在在地来到茅山,你才会在心底里感悟到刘禹锡"山不在高,有仙则名"的精妙之处。

　　驱车前往茅山,远远地便能看见山的主峰,茅山确实不高,最高处海拔也仅有372.5米,与国内众多名山相比,把它称为一小丘也未尝不可。但是，茅山自有茅山的魅力，它山势秀丽，林木葱郁，峰峦隐现，山风过后，可见流云飘逝，可听松涛阵阵。南朝陶弘景赞美道："山川之美，古来共谈；高峰入云，清流见底。两岸石壁，五色交辉；青林翠竹，四时俱备。晓雾将歇，猿鸟乱鸣；日夕欲颓，沉鳞竞跃。实是境界之仙都。自康乐以来，天复有能与其奇者。"这位被称为"山中宰相"的思想家、文学家、医学家曾隐居茅山40年，对这座山充满了深情，现在的茅山虽然不能完全像他当年所描写的那样了，但是当你在山间公路盘旋的时候，还是能真真切切地感受到茅山独特的自然之美，在看倦了都市的林立高楼、车水马龙之后，置身于层峦叠嶂的深谷幽林之中，确有一种飘飘欲仙之感。

茅山不高，但仙气十足。茅山道教，在中国道教史上享有很高的声望和地位，可以这么说，茅山每一寸土地都积淀着道教文化悠久的历史，每一处建筑都传递着道教历史丰富的信息。我们在大茅峰顶，看到的是依山而建、宏伟壮观、气势磅礴"九霄万福宫"；在与大茅峰遥遥相望的积金峰，看到的是摆放茅山镇山之宝"玉印"的"元符万宁宫"。道长拿出的镇山四件宝以及高99尺的纯铜老子塑像和他二指间奇特的天然蜂窝，都让我们感到新奇，为之着迷，而茅山神签的玄妙和茅山道士的解签更是让我们惊叹不已。上得山来的香客大多会求一支签，据说茅山的签很灵，而且有"照远不照近"的说法，香客从签筒里抽出一支来，心中不免忐忑，接过签符便被四句诗所迷惑，欲解签的人便在茅山道士面前耐心地排队等待，道士也会很认真地给香客一一作解，这里面玄机无限，深奥莫测。每个道士都有自己的解签习惯，或选几句诗，或用几个词，根据不同的对象，作出深浅不等、雅俗不一的解释，香客在聆听之

分割的空间

后释然而去,让人不得不佩服修炼过后道人的确是看穿了人世。

山不在高,有仙则名。茅山不高,但有仙气,有灵性,站在茅山之上,环顾四周,群山绵绵,气韵幽幽,山、仙、人在这里融为一体,真可谓是"第一福地,第八洞天"。

鹤鸣于九皋

到过如皋的人，可能都会对这座苏北古城留下深刻的印象。据说它的历史相当久远，可以远溯到人类文明的早期，有史记载，至少在春秋时即已建城。"皋"这个字在文学作品中的最早出现，是《诗经·小雅·鹤鸣》中的"鹤鸣于九皋"，它的意思是水中的高地，"皋"也通"高"。

我到如皋是在八十年代初期，那时的如皋还保留着它的古色古韵，浓荫密蔽的街道，青砖垒砌的古桥，幽深狭长的小巷，润滑平整的石板路，还有不经意间就会发现的残垣断壁、古柏老槐。小城人把如皋城分为东门、西门、南门和北门，我开始以为这只是指方位，后来才知道这座城原先确实是有四座城门的，它的建筑格局与其说是一座城，还不如说更像一个园林的设计，园林学家陈从周教授说它"城周以水，形近于园，四面有门"，而且不同于别处的是，它有两道护城河，这样就把一座小城分成了内城和外城，也就是陈

分割的空间

教授所说的"双环城",据说这在全国都是非常罕见的。

我初到时,内城河的水还是相当清澈的,丽岸种植着密密的垂柳,有些树干相当粗壮,且向河中央探去,微风吹来,柳叶轻拂水面,水中泛着涟漪,那样清幽的景色着实令人陶醉。从河边走,时常会看到一些水码头,有妇人在河边淘米洗衣,有孩童在水边嬉戏。外城河与内城河相隔不过百十米,但水势较小,有些地方甚至几近枯竭,高高低低的芦苇从岸边密密匝匝地伸向河心,与杨柳依依、碧波荡漾、处处透着浓浓的诗情画意的内城河相比,显然是另一番景色了。我所在的学校就在内城河的东南拐弯处,学校也因这条河而分成了三个部分,河北、河南和河东,从宿舍到教室再到食堂,每天要从护城河的两座桥上走过,久而久之,那种悠悠岁月、往事如昨、逝者如斯的感觉便会从心底涌起。

与学校紧邻的一条小巷叫冒家巷,也有一座古桥叫冒家桥,这座单拱桥由青砖垒砌而成,上面青苔覆盖,色影斑驳,杂草从罅隙里钻出。之所以以冒氏命名,自然与小城著名的人物冒襄有关。

冒襄,字辟疆,自号巢民,如皋人。生于明万历三十九年(1611),卒于清康熙三十二年(1694),享年八十三岁。他幼有俊才,十岁辄能赋诗,负时誉。天启间,与桐城方以智、宜兴陈贞慧、商丘侯方域一起反对宦官魏忠贤,时称四大公子。又结复社以反对阮大铖。曾中副贡,授台州推官。后来隐居不仕,在水绘园内读书作文,宾从宴游,极一时之盛,著有《朴巢》《水绘》二集。

这里提到的水绘园,是我国名园之一,沿内城河一路走下去,即可走进水绘园。水绘之义,既指南北东西的水会集其中,也指因亭台阁的布局和怪石奇葩的错综而使整个园子如同画中一般。我见到水绘园的时候,它已成为如皋人民公园的一个组成部分,而前面描写的堂、斋、亭、阁大多已毁于战火和"文革"，仅剩环绕水明楼的一组建筑。水明楼不知是不是得名于杜甫的"四更山吐月，残夜水明楼"，它是一个临水的建筑，相当于一个旱船，但却并不是以船造型，而是一个二层的小楼，楼外是一洗钵池，远远望去，楼台倒映水中，随波纹而变化，而从楼内雕窗向外望去，则是一泓清水，安详静谧，若是明月高悬，池中有月，水中有影，自然韵味无穷。

提到冒辟疆，就不能不提董小宛。

董小宛，名白，一字青莲。明天启四年（1624）生。金陵名妓，后客苏州。小宛天姿巧慧，容貌娟妍；食谱茶经，莫不精晓；尝集古今闺帏之事，汇为书，名《奁艳》。遇冒辟疆坚欲委身。崇祯十六年（1643），以负累辖辘，事将决裂，逢礼部尚书钱谦益以三千金偿其逋，致之皋城归冒。清兵南下，时和冒渡江避难，辗转于离乱之间达九年。于顺治八年（1651）卒，年二十七。冒辟疆为作《影梅庵忆语》，忆其感情始末。

我在水绘园中见到过冒董的画像，年轻秀美的小宛与苍老的冒公子形成了强烈的反差，这个秦淮八艳之一，跟着冒氏从繁华的都市来到小城，安于一隅，吟诗作画、烹茶调食，以她的聪慧贤淑从风尘女子的旧貌中脱胎而出。园中陈列着小宛当年抚过的琴台和精描细画的扇面，园外大街小巷也随处可见她精研的董糖，任何人对这样一个秀外慧中的女子只有二十七年的生命都是要扼腕叹息的。那一段已经飘逝的爱情在小城人的记忆中存留下来，成为一个永远讲不完的故事。

我没有想到我会在如皋一待就是二十年，但是虽然如此，我总觉得我是一个外乡人，无法融入如皋的血脉里去。对如皋，我会去

分割的空间

观赏它，品味它，但我却永远不能靠近它。我时常在揣摩内城河玉带桥上的两行字："愿天常生好人，愿人常行好事。"这两行字是什么时候、什么人刻下的，我不得而知，但我时常会看到这座桥上有小城人驻足，轻声默念，还有老人牵着孩子在训诫教诲，这也许就是小城淳朴民风的一种延续方式吧。

在新世纪的开端我离开了如皋，两年后再去那里的时候，发现内外护城河发生了翻天覆地的变化，政府出巨资重新修砌了它们，垂柳被全部砍去了，两岸是崭新的白色围栏，冒家桥也不知去向，取而代之的是一座新建的单拱桥，外城河也一改破败的景象，规整而漂亮。我站在那里，心中却充满惆怅，这还是我心中的如皋吗？

紫金文库

地名的传奇

在听说古里之前,我只听说过同里。同里也是水乡,也在江南,也是一个古镇。据说同里镇外四面环水,镇内又家家临水,桥桥相连,户户通舟,号称"东方小威尼斯",但是,惭愧得很,作为江苏人,我竟一直没有去过同里。这次听说要去古里,我还是有点期待的,因为不管是古里还是同里,都在江南水乡,风韵也应该大致相同吧,而且我也特别喜欢"古里"这个名字,既有古色古香的文人气,又有街巷里弄的烟火气。

到了古里,才知道原来"古里"这个地名是到清道光十三年才改的。古里在唐代的时候是被称为"菰里村"的,"菰"是一种多年生的草本植物,生在浅水里,它的茎就是我们吃的茭白。为什么会把这个地方称为菰里,我想可能是与这种高秆植物的形象有关,那种稀疏交错的而又带些颓丧的样子,正暗合了当时这里地势低洼、人烟稀少、草木丛生的荒凉景象。古里是宋之后才慢慢发展

分割的空间

起来的,因为范仲淹的关系,白茆塘得以疏浚,于是,借助于江南水乡密布的河网,各条水路的汇集融合,这里也便经常有了渔船的来来往往,货物的起起落落。古里一天天热闹起来,往日的萧条渐渐淡去,古里不再是"菰里"了。所以在明代的《陶退庵先生集》里,"菰里"变成了"罟里"。《说文》中说,罟,网也。也就是渔网的意思,这个地名究竟从什么时候开始改的似乎已无从得知,但我想它一定与当时那些渔船穿梭、熙来人往的渔业商贸有关。

或许是因为后来人又渐渐地不满于这个商贾气息太过浓重名称,或许是某个文人名士觉得一个地名应该更多地赋予它文化的内涵,于是人们从一方匾额"古里仁风"中终于找到了这个地方的真正的归宿,从此,"罟里"从"菰里"走来,向"古里"走去,这个透着书卷气的名称一直为人们所接受,并且沿用至今。

地名总是人起的,而不是一个地方本身自有的或天然的,但是从这种赋予中我们却可以看出一个地方的历史和发展,从当时当地少数人的使用,到逐渐为众人所知,直至被社会大众广泛使用和认同,从朴素的、写实的、粗疏的地名,到越来越精致,文化内涵越来越丰富,一个简单的地方代码就不再简单。当然,对一个地名,我们不可能都去知道它的来龙去脉,但那些名字本身,就足以勾起我们的联想和想象,那也是一件很美的事情,就像我每次开车回故乡,会看到"朴集",会看到"雅周",我不会往那个方向去,但每当路牌出现的时候,我总会生出一种古朴的感觉,会想到《诗经》,会想到两千多年的王朝,会想到"见素抱朴、绝学无忧、少私寡欲",也许它们与我的这些想法毫不相干,但我还是情不自禁地去想象和猜测,在内心深处竟也会生出片刻的清雅和宁静。

到了古里,一路上走过许多村子,一个个小村落都有它的命名,有很多也很有意思。比如白茆。我在古里听"白茆山歌"的时候知道了它,抑扬的山歌在耳边萦绕着,而我的思绪却飘向了远方。"茆"字是不常见的,词典上说有两种读音,一为máo,一为mǎo,前者同"茅",也作姓,后者是莼菜的意思,听当地的读音似为前者,我想"白茆"可能就是"白茅"。"白华菅兮,白茅束兮。之子之远,俾我独兮。"这是《小雅·白华》中的吟唱,这样的伤怀、缱绻的情感与质朴清新、委婉动人的白茆山歌是那样的合拍。

古里还有一些很美的村名,"淼泉"就是。我惊叹于起这个地名的人,淼是一个会意字,从三水,水势浩大,浩渺无边;而泉则来自地下,来自山间,常常用一股一眼来修饰。一为阔大,一为悠远,这两个字的结合产生了奇特的效果,淼泉,就是生生不息、源源不断的生命之泉,是养育一方、滋润大地的灵动之水。古里还有"紫霞",它以色彩胜;还有"李市",以历史胜;还有"芙蓉",以自然胜;有"琴东",以文化胜;"北渰""南渰",以地理胜;"康博""新桥",以时代胜……

地名,是不同地域的符号,是人们交往的工具,也是社会发展和人类进步的文化宝藏,是悠久的历史、灿烂的文化的地理标志和生动写照。当遥远的时光在历史沧桑中湮没,但它的地理符号却留下了,后人因为它而勾起对历史的记忆,凭借它去寻觅过往的踪迹,这些古老的地理坐标,展示了不同时空的文化层面,成为中华民族历史漫漫长卷中的一页。

离开古里已经有些时日了,匆匆一游,留下的只是一些朦胧的影像,但那些或古或新或雅或俗的地名却那么清晰,面对这些抽象的汉字,我常常望文生义,想象那具体的存在,山水、园林、村舍、人家……

杂色生香

听来的故事

我有一个朋友，姓郝，也是做老师的，淫雨霏霏的梅雨季节，他从远方来到小城，许多年不见，变化是自然而然的。我请他去喝茶，我们一边喝一边聊，朋友是个健谈的人，时间过得很快，不觉已是黄昏，该谈的似乎也谈得差不多了，一时间无语。抬眼望望窗外，天阴阴的，雨点滴滴答答地落在地上。我不禁有些黯然，叹息说教书教了这么多年，所为何来？朋友没有说话，点起一支烟，慢慢地吸，然后他说，我给你讲一个故事吧。

下面就是我从郝老师那儿听来的故事。

大学一分配，学校就让我做班主任，那时我很年轻，拿到名单，上面有45个名字，我看着它们，想着明天这些符号就要变成一个个活生生的人，心里真有一种神秘的感觉。第二天，45个到了44个，还剩一个叫"葛素芹"，像是个女孩子，天快黑时，她来了，长得很好看。因为来得迟，人又长得好，所以印象就特别深。后来

分割的空间

我让她当学习委员，干得挺好，时间长了，就和她聊些学习以外的事，得知她父母都在农村，家里还有一个弟弟上小学。有一回，我见她与一个小男孩一起在食堂吃饭，心想可能是她弟弟，但怎么看都不像，她看出了我的惊讶与疑惑，只是笑笑，并不说什么。

一晃三年过去了。学校每年都要保送一些优秀学生去读大学，葛素芹各方面都很不错，我想她是有条件的。一天中午，有人敲门，打开一看，是一个上了年纪的农村妇女，说找郝老师。她很拘谨，我问她有什么事，她说她是葛素芹的母亲，我又一次感到吃惊，因为母女俩不仅长得不像，而且年纪相差也很大，她好像看出了我的疑惑，便说道："郝老师你不是外人，我家素芹并不是我亲生的，我24岁上结的婚，到30好几还不曾有孩子，有一天夜里，门口放了一个篮子，里面就是素芹，我就收养了她，说来也怪，收养不久，我就怀上了。不过我把素芹一直是当作自己的亲生孩子的。"原来如此。我想这一番话，她是跟好多人说过的。

葛素芹的母亲还在絮絮叨叨地说着，她很不易，日子过得紧，农忙时种田，农闲时到城里拉车，见到什么拉什么。这时，她好像突然记起了什么把手伸进衣兜，摸索出一个布包，鼓鼓的看不出是什么，"郝老师，今天有桩事麻烦你，素芹回去说了，学校有保送上大学的，我知道她的心思，你千万帮个忙，让她再读几年书吧。"她小心地一层层打开，原来是一堆钱，10元的、5元的、2角的、1角的都有，大都卷着边儿。葛素芹的母亲这时显得有些不知所措，连声说是拉车挣的，郝老师不要嫌。我的心一阵紧，赶紧说钱我不能收，葛素芹表现一向很好，你不来找我，我也是要推荐她的。我和她推来搡去，她很难受的样子。

也记不清她最后是怎么把钱收回去的，反正好多天，她的脸老是在我的眼前晃来晃去的。一天，我去食堂吃饭，看见葛素芹也在那儿，我便走过去，她抬起头，羞涩地笑笑，下意识地把面前的菜盆往身边挪挪，我一看，是一碗农村常见的腌黄花，我怕她难堪，装作有兴趣的样子说，"一个人在这儿吃好东西呢！我好多年也吃不上这么好的腌黄花了。"葛素芹扬起头说："老师真的喜欢吃？"我说："那还有假。"不想没几天，葛素芹的母亲就来了，手里提着一个粗糙的坛子，汗涔涔地放在我桌上，"素芹说郝老师喜欢吃黄花，怎么不早说呢？"我只是道谢，说不出别的。黄花倒是腌得又黄又亮，不过说实话，我也谈不上喜欢，只给自己留了一点，其余的就分给了同事，他们都说黄花腌得精心，让我也学着吃一点，并介绍了许多吃法。

  第二年麦子黄时，葛素芹的母亲又来了，手里捧着的还是一坛腌黄花，我也渐渐吃出了味道，便开玩笑说："要是年年都能吃到新鲜的黄花就好了。"她说："只要老师喜欢，这有什么难的，除了点盐，又不值什么钱的。"以后每年，一到麦收季节，我家总是有一坛新鲜的黄花。腌黄花真的很好吃。这就是我从郝老师那儿听来的故事，郝老师是七八级的，1982年工作，如此算来，葛素芹怕也嫁人生子了，而郝老师桌上的黄花菜不断也已有十几年了罢。我这么一想，心里就一阵感动，这是一个平凡却不多见，让人沉思却又不知道如何细想的故事。不过，单凭这个故事，郝老师就很幸福了。

分割的空间

学车记

从来没想过学车，更没想过买车。一次饭局，朋友说想去学车，我开玩笑说我也去，没想到第二天她们竟邀我去报名，我也就稀里糊涂地去了。理论考试的时间是2月14号，那天是情人节，我坐在计算机前答题，答完了一朵大红花，右上角的分数是100分，我很意外，也很振奋。

接下来是按部就班的学车过程，空驾、路训、倒桩、电子路训，一步也不能省。教空驾是个女教练，我第一天去的时候她什么也没说，甩给我一张纸，说："回去背去。"纸上写的是从起步到停车的动作要领，我因为从来没碰过车，对上面的意思都不大能懂，回家自然也就背不出来。第二天再去，女教练钻进一辆四轮被铁杠架起的破旧不堪的轿车里，一边说一边做动作，这个程序大概她已经说过N遍了，所以面无表情但非常流畅，而我却听得十分吃力，刚一问她立刻说："我刚才已经说过了。"说过了吗？我不能再问，只好一个人钻进车里，对着那张纸做动作。有些动作是虚拟的，但是也要做一做，比如"系上安全带"，那辆破车里根本就没有安全带，我每次都用手在空中比画一下，觉得很滑稽。不过，我还是坚持每天去空驾两个小时，因为我坚信基本功的重要。认认真真空驾的人很少，大约也是这个原因，女教练对我这个学生渐渐有些好感，再去的时候她会对我笑一笑，有时还会跟我聊上几句，特别让我感动的是，她有一次竟对我说"你路训一定没问题"，让我信心大增。

一个星期的空驾结束了，女教练在我的合格单上签了字，看得出她很满意，没有在发合格单的同时还要写上"动作不熟"之类的话。我拿着单子找到我的路训教练，姓刘，他大约三十岁左右，跟我说的第一句话是："去找 5 号车。" 5 号车这个月有两个学员，我、还有一个女孩子，她好像跟教练认识，一蹦一跳地跟他在后面。教练对她说你先来，于是，那个女孩就坐到驾驶座上，教练坐在副驾驶座上，然后车就开动了。我不知道那个女孩是不是第一次开车，但她先来对我是有好处的，至少，我有了心理准备。她在前面开，我在后排看，想起纸上和坐在破车里的空驾动作，原来都是一模一样的。半个小时后，教练对女孩命令：你下，她上。我第一次真正坐在驾驶座上，真的系好了安全带。然后，打左方向灯，挂一挡，左脚轻抬离合，右脚给油，汽车平稳地起步。二挡、三挡、四挡，在那条宽阔的马路上，我开的车在"飞奔"，那是我当时的感觉，其实也就是三四十码的速度，但就在那一刹那，我真的喜欢上了开车，我想，这一定和一个孩子迈出第一步的感觉是一样的。

路训的第二个星期，教练就不再带我们去人少车稀的路上开了，而是去车多人杂、路况复杂的马路，又是红绿灯，又是横穿马

分割的空间

路的行人,又是左右穿梭的摩托车、电瓶车,又是从你身边呼啸而过的公交车、大卡车、出租车,真是恨不得长出十双眼睛、十只手、十条腿来。可就在我手忙脚乱的时候,教练还要不停地发出命令:加油,加挡,减速,减挡,靠边,起步,调头……然后是不停地批评:路这么空为什么不加油门?前面有人要穿马路为什么不踩刹车?拐弯之前为什么不减速?坡道停车为什么不拉手刹?调头为什么不打方向灯?为什么不走自己的道要骑在线上?停车离马路牙为什么那么远?停在护栏旁这么近人还下得去吗?反正到处是问题,教练一提问,回答常常是两个字:忘了。确实,所有的问题教练都讲过,自己做的时候都忘了,还是手嫌少,脚嫌少,眼睛嫌少,脑袋嫌少。不过,尽管这样,我还是挺喜欢开车,有时候做得好,教练表扬一下,心里特别有成就感。

路训和倒桩是同时进行的,每天三小时的训练,不是在路上磕磕碰碰地开,就是在场地上练倒桩。倒桩的车是那种老式吉普车,和路训的小车不一样,方向盘特别沉,上面贴着黑色的、白色的、红色的标记,那都是要看的"点"。于教练是个木讷的人,长着一头卷发,黑红脸,有点像新疆人。他等我们七八个人到齐了,就说:"过来,我要讲了,你们听好了。"然后他口齿不清地讲了一遍,学员们你看看我,我看看你,好像听懂了一点,但又完全没听清。果然一上车就错误百出,不是撞杆就是压线,更有甚者把方向打反,直冲大梁而去,于教练便冲过来大吼"停下!停下!",脸色越发地黑红,嘴里叽里咕噜说着什么,完了又站在一边看,再随时准备冲过来救火。就这样练了一个月,我的倒桩学得实在不怎么样,学员私下琢磨的看点的方法有时对,有时错。没奈何,只得另找教练。我找到曹教练的时候,他似乎不太愿意接收我,后来我好说歹说,他才说"你走个直进直出",我心想,我虽然练得不好,也不至于还要从直进直出练起吧,于是上车就做,完了曹教练说:"你下来自己看看,直进直出都没练好,还谈什么左手右手,还谈什么移库。"这是我学车以来遭遇的最大打击,我感觉自己在教练眼里跟一个弱智差不多。一切从头开始,每天去排队,有时等上两个小时才练一把,皮肤晒黑了不谈,学车的枯燥和无聊到这时已到达顶峰,开始时的兴奋、快乐、成就感到这里都荡然无存,取而代之的是机械操作。看点打方向,打几把,回几把,全是固定的,错一点都不行。曹教练讲得细,要求严,果然一个星期的效果胜过了一个月,考试也是一次就通过了。但我却没有成就感,因为开车的毕竟不是木偶,而我却只能做木偶。回过头来想想,驾校的倒桩训练真是要改一改,我现在开车了,好像从来没有用到过驾校的倒车技术,小车不是吉普,它的"点"在哪里?练倒桩时从来都不看后视镜的,而我现在倒车只能靠后视镜。

  倒桩考完了以后就是电子路考,一共是九个项目,要考六个,分三条线,每条线考不同的六个项目。大家最怕的就是单边桥,所谓单边桥就是一个离地十厘米的小桥,宽也只有十几厘米,左边两个轮子从"桥"上过去后,立刻要向右打方向,让右边的两个轮子从另一个"桥"上过去,稍有偏差就会"掉"下桥来。据说考这个项目的目的是为了让驾驶员了解车宽和轮距,我认为完全是吃饱了撑的,车宽和轮距在以后的开车实践中自然是会感觉到的,或者说自己碰擦几次就懂了,就算是考试的时候单边桥合格,也难免今后不会碰擦。正因为单边桥的难,而教科书上又写得十分教条,所以可以说十个教练有十个教练的过桥法,什么看中线,什么看"筋"的20厘米处,什么看雨刮器的某个部位,大家都被搞得头昏昏。

分割的空间

我就看一个点，但也是一会儿好一会差，有时过 10 次都不掉，有时过 10 次要掉 5 次。非常幸运的是，我考试的时候抽的那条线没有单边桥，所以我就满分通过了路考。

学车的路真是充满了快乐，又充满了无奈。但我真正的快乐是我顺利地拿到了驾照，而且开上了自己的车。我是个喜欢开车的人，当我开着我的小 POLO 在高速公路上飞奔的时候，我的心中真的很幸福很幸福。

不可居无兰

我一向是个不会侍弄花草的人，花花草草到了我的手上没几天就会发黄、打蔫，最后枯死。除非是那种生命力极其旺盛的，我可能会在把它忘了很久之后，突然有一天发现它又发芽了，抽枝了，甚至开花了，我在惊叹它的生命力的同时，总是深感惭愧。

但是，五年前我却不自量力地买下了几盆兰花。兰花本是一种娇贵的植物，也够难养，但我还是决定要养着试试。我喜欢它舒展的叶，它的线条着实令我着迷，它还有形态各异的花，而且不同的品种花形、花色都大相径庭，有的大而富贵，有的小而轻灵，我尤其喜欢它散发出来的清淡而不张扬的香味，幽幽的，淡淡的，不知不觉地飘到你的跟前。将兰花与书为伍也似乎是一件高雅的事情，家里有这么多的书，再放上几盆春兰，书与兰相映成趣，书香和着花香，那是再美妙不过的事情。东坡有诗云："宁可食无肉，不可居无竹。"如今住在公寓里，没有院子，竹子便无处可栽，那就改

分割的空间

一改，宁可食无肉，不可居无兰吧。

因为担心自己不会养殖，所以当时买来的五六盆兰花都是极常见的品种，而且卖花人一再安慰我说不难侍候，兰花喜阴，只要不在太阳下暴晒，浇水时一次浇透，然后隔十天半个月浇一次，保准能养好。买下的几盆兰花不太一样，但大概都属于春兰一类，买的时候都是开着花的，叶子虽然稀疏，但姿态倒是不错。

一开始我还是挺有兴趣的，小心翼翼地侍候，经常去看一看，土湿不湿啊，叶子有没有虫斑啊，有没有新芽冒出来啊，还时不时拿着喷壶给叶子上洒点水，但到后来就全没了耐心，终于把它们丢到脑后，浇水的任务就变成汪政的专属，而每每看到他把兰花一盆盆搬到一处浇水，不免又心生愧疚。

兰花一直很健康地生长着，汪政把它们放在一起，他说这样就能形成一个小的生态环境。可能他的话是对的，所以我家的兰花居然年年都开花，每到春天，就会发现一个个小花苞从叶子中间冒出来，这是最让人欣喜的时候，立刻觉得生活是多么的美好。

虽然平时对兰花关心甚少，但每年兰花开的时候，拍下它们盛开时的美丽总是让我乐此不疲。拍得多了，就会发现：年年花相似，姿态各不同。有时开得多，开得旺，十来朵，挤挤匝匝的，有时开得少些，但少也有少的好处，它在叶子中间点缀着，花与叶的配合也别有一番风味。拍的兰花有全景，有特写，全景显出它们的丰盛，特写则是细部的刻画，有些非常传神，或像一只展翅欲飞的鸟，或似一帧对称的图案。有的酷似像一张笑脸，从叶中探出来；有的刚刚从花苞中展开，还有点羞涩的样子；还有的极其妩媚娇弱，像美人腰肢，还伸出细细的兰花指来，真是惹人怜爱了。

又到了兰花盛开的时节，这些天，又可以赏叶观花闻香了。面对每年如约而至的花朵，暗暗下了决心，以后一定要好好地呵护它们啊。

来福的守望

第一次注意到这只花狗，是因为它的姿态。它蹲坐在地上，腰背挺得笔直，像是接受过形体训练。后来发现，这只狗每天都会按时蹲坐在那里，腰杆笔直，有时可能是时间久了，它会趴下，而趴下的姿态也很优美，"左手"会优雅地搭在"右手"上，那气度那尊贵让人觉得它天生就是一个公主。

因为它天天在那里，同一个位置，同一个姿势，日子长了，忍不住会想，这是哪家的狗？为什么每天端坐在这里？它是在等谁吗？

终于有一天，它挪了一个位置，从旁边的小路上挪到了我们隔壁单元的门口，还是笔直笔直地坐着，也不东张西望，而是长时间地望着那个门洞。我的想象越发飞远了，那个门洞里或许会有它心仪的白马王子吧，正因为有一个期盼，所以它才这样日复一日地守望。

分割的空间

我用手机拍下了这只痴情的花狗，也很期待有一天会看到另一只狗从门里跑出来，它们一起欢快地奔向远方。可是很多天过去了，我只看到它的守望，却没有守望的结果。

后来，我从邻居那里知道了这只花狗的故事。

它叫来福。没有人知道它从哪里来。有一天它来到我们小区门口的水果店门口，就再也不走了，好心的老板收养了它，给它起名为来福，从此它也就忠诚地替水果店的老板看门。来福的身世与我的想象实在是相去甚远，原来它并不是一个公主，而是一只流浪狗，如果没有好心的水果店老板，它还不知道在哪里漂泊。

小区养狗的人家很多，进进出出，总要经过水果店，狗狗们也就彼此熟悉，结伴玩耍。据说小区里的一只唤作阿牛的狗经常与来福一块儿，邻居说，你没见来福天天在那里等嘛。

原来来福的白马王子叫阿牛，来福每天的守望就是为了它！但我从来没有见过阿牛，也许见过没有对上号。我问邻居阿牛长得帅吗，邻居说就是毛长得乱七八糟的那个，有点像个猪。从邻居不屑的表情里，我明白了阿牛也不是什么白马王子，不但没有什么魅力可言，还是一个脏不拉几的小人物。

但是有着优雅身段的来福天天在门口等着阿牛却是不争的事实。我听到过很多关于狗狗们相爱的故事，它们好像不分种类，不分大小，只要趣味相投就会表达爱情。朋友家的狗就是如此，朋友对我讲过它的爱情故事，这只县城的纯种狗爱上了一只郊区的小土狗，实在是很不般配的，但县城狗每天都要走很多的路去与郊区狗相见。因为路途遥远，朋友很担心，就嘱咐它说不能走大路，大路上汽车太多，极不安全，一定要走小路，从田埂上走最好，哪知这只县城狗竟听懂了主人话，径直奔向小路，每日往返，不辞劳苦。

狗狗们的心思也许我们永远不懂，但这些沉默的家伙，以它们特有的姿态表达自己情感，的确让人惊异。

阿牛到现在也没有在我的视线里出现，或许我见到它真的会大失所望。来福依旧天天守候在那里。这虽然不是一个公主和王子相爱的故事，但这种等待与坚守却让我们感动。

分割的空间

若　兰

2012年刚到，意外地收到了若兰的个人专辑《命中注定我爱你》，台湾的说法很好玩，叫"元若蓝领衔声演"。可能若兰寄出这张碟的时候还是2011年吧，因为交给我的朋友说，这张碟是从中国台联转到江苏台联，再转到江苏作协的，所以到我手里的时候，封套似乎有些旧了，但若兰的签名还是一如既往的飘逸洒脱，就像她临走的那天晚上在小册子上给我的签名一样。

我打开电脑，把碟放进去，若兰就在里面欢快地唱起来，"九十九次我爱他，少了眼皮会乱眨""九十九次我爱他，少了头发会分叉"，随着音乐，我的脑子里满是她俏皮可爱的模样，她笑的时候，眼睛弯成一个小月亮，笑眯眯的，有的时候，她也会毫无顾忌地放声大笑，让别人都受了她的感染。当然，大多数时候，若兰是沉静的，不声不响的，她安安静静地坐那里，听别人说，或是在想着什么。就像她的那首《半情歌》："你的明天有多快乐，不是我的，我们的爱是唱一半的歌，时间把习惯换了，伤口愈合，也撤销我再想你的资格。"温婉伤感的旋律让我回想起与她相处的日子，想起她常常会独行，举着她那个颇有文艺范儿的相机，拍那些老房子，这个时候的若兰我觉得更为动人，在她甜美的笑容下面，似乎有那么一点淡淡的忧伤。我会悄悄举起相机，对着她，拉近，我试图捕捉她的那些动人的瞬间，但她总是非常敏感，总会在第一时间察觉我的小举动，把最灿烂的笑容给我。

若兰名叫严若兰，元若蓝是她的艺名。她是作为台湾作家参加了夏潮基金会组织的两岸交流活动来江苏采风的，除了作家这个头衔她还是创作歌手．词曲创作人。我在他们带来小册子上，读到了她的文字："对我来说，关于夏天的回忆，有一部分是哀伤的。我不记得小时候穿着厚重外套的自己，印象很深的，都是在阳光普照的日子，爷爷骑着脚踏车载着我到处跑的画面。而真实却像是在黑暗里，被老相机用 B 快门拉长曝光时间所拍下的车灯和光；按下快门我慢慢长大，放开快门的同时瞬间印下了爷爷生病的模样。夏天小王子轻轻地和我说了一声再见。"唱着欢快的歌的若兰为什么会有哀伤？从她极有限的文字里，我感觉这个是懂事的孩子，懂事的孩子就会从童年、少年起就知道生活的艰辛与不易，无论是年迈而操劳的祖父，还是在长年漂泊在海上的父亲，若兰似乎都以一种愧对于他们的心态在书写，而她自己的打拼，那种我们可以想象的艰难，她仅以"2006 年，以艺名元若蓝出道"一笔轻轻画过。

不知道为什么，从陪同台湾代表团的第一天起，我就特别喜欢这个孩子，喜欢看她甜甜的笑，喜欢她的随意自在，喜欢她的美丽。我有时会情不自禁地说，你真漂亮。她总是抿嘴一笑。最后那

分割的空间

天的晚宴,她恰好坐在我旁边,她拿过我的小册子,翻到她的那一页,写道——To 晓华老师,你也好美!然后画了一颗心,签上名,并记"2011.09.07"。

多年师生成闺蜜

小宋是我的学生，后来她留校任课成了我的同事和徒弟。我们的办公桌一前一后，她时常拿一些问题来问我，我上课，她就拎着一把折叠椅坐在教室的最后面，在一本厚厚的本子里记着什么。再后来，她就调回老家去了。

小宋是个漂亮的女孩儿，是那种能给许多老师留下印象的学生，上第一节课时我就注意到了她，她文文静静地坐在那儿，长得有点像杨钰莹。下课的时候，我对她说，你就是我的课代表了。她很惊讶，也很兴奋，白皙的脸微微有点泛红。

小宋一进校就被学校的艺术团看中，又当主持人，又当舞蹈演员，知名度也直线上升，几乎没有谁不认识小宋。当礼堂里的灯光全暗下来唯有一束光打在深红色的帷幕上的时候，小宋便穿着一件镶着金片的红丝绒旗袍走了出来。她的身材修长而匀称，步子柔和而轻曼，站定之后，用笑吟吟的目光扫过全场，那种姿态与她平时

分割的空间

的样子有些不同，显得成熟而优雅。小宋一次又一次地走上舞台，不止是在校内，而且走到了校外，不只是舞台，而且走到了电视屏幕上。

小宋读满三年就快毕业的时候，学校开办了再续读两年可以获得大专文凭的一个班，小宋就留下来继续学习，而我也就成了她新任的班主任。我和小宋的接触渐渐多起来，但不知怎么的，我总觉得我和她之间隔着一层纱，似乎看见了对方，又似乎没有看清。她给人的印象是个乖乖女，是个绝对听话的孩子，但好像又不是没有主见的人，好像很单纯，又好像很复杂，好像很近，又似乎很远。但我还是特别地喜欢她，喜欢她什么，我也说不清楚。

就在这若即若离之间，小宋终于要毕业了。那天，我们班的学生都在拍照片，不断地组合，不断地分散。小宋跑过来要与我合影，我们选了校园幽静的一个角落，一株天竹、两块卧石，还有几棵大叶兰，小宋穿着她在电视台做主持人时常穿的那身衣服，依然文静地站在我身后，微微地笑着，就像我第一次看见她一样。

小宋调回老家以后，很快就结了婚。小宋的婚姻引起了很大的议论，因为男孩子长得不够帅，更因为男孩的父亲是一个拥有数家企业的经营者。于是小宋的婚姻便被许多人按自己的想法演绎成了一个简单的故事，又生出了许多富有想象的推理和猜测。但小宋还是在众人的议论之中做出了自己的选择，她不但走进了这个家庭，而且走进了企业。

小宋结婚以后，我一直没有见到她，但不断地有关于她的消息传来。直到那年夏天，我搬了新居，小宋黑色的轿车开到了我的门口。她从车上下来，几乎一点都没有变，一身素净的连衣裙，一头飘逸的长发，还有学生一样灿烂的笑容，她的儿子也像她一样漂亮、可爱。

　　我们的友情就从那一刻开始升温,联络也越来越多,一起逛街、一起喝茶、一起旅行,后来连房子也买在了一起。当她挽着我的手在小区里散步时,我想这就是所谓的闺蜜吧。

分割的空间

我们的医生朋友

女儿自小瘦弱多病，多病的女儿给我们带来了说不尽的麻烦，唯一的好处是让我们认识了不少儿科医生。现在，女儿已快上小学了，长大的女儿渐渐康健起来，然而，我们仍时常与一些儿科医生走动，多年的交往已使我们成了朋友。大约是在四年前的秋天，天气已经很凉了，女儿偏偏在凉爽的秋天发起了高热，孩子因特殊原因不能输水，吃药、打针总不见效，我们抱着她，几乎束手无策，朋友说，为什么不找找吴医生呢？我们就是在那个深夜走进了西大街那座有幢旧式木楼的房子。吴医生确实有让人惊讶的地方，有一年夏天，当别的孩子成天喝着冷饮啃着西瓜的时候，女儿却满口溃疡，发展到后来，连喝口开水都疼痛难忍。我们是上午给孩子喂了吴医生开的中药，到了下午，孩子便吃起了牛奶和饼干。

相处熟了，便经常和吴医生聊天天，聊如皋的历史掌故，聊现在药怎么贵，病又怎么多，聊医生的辛苦，我说女儿长大了，有能耐，也学个医生什么的，吴医生连连摆手，"别，别，医生太苦。要做个好医生，得吃苦。做好了，病家总找你，忙得苦；做不好，病家不找你，心里苦。"这些话虽有调侃的意思，然而却实在有着许多辛酸和快慰在里面。吴医生经常怀想少年时的辰光，对当年如皋城众多名医云集，时常切磋的情景记忆犹新，昊慕陶、朱良春、黄星楼、陈霭棠、汤承祖……都已先后云归道山，形如黄鹤，而当年的翩翩少年，牺牲了同辈应有的欢乐时光，在前辈的耳提面命下，黄卷青灯，遍习医籍，到如今，又已在望、闻、问、切中度过了几十年的寒暑晨昏。说起这些，吴医生总是感慨不已。

我曾问过吴医生，怎样才能做个好医生，吴医生讲，也就是精诚二字罢，我叹服他概括之准，他说，这不是我的概括，祖宗讲的。我问祖宗是谁，他笑着告诉我："医家的祖宗，孙思邈。"

作为中医的吴医生其实是很现代的。他时常骑着摩托，西装革履，行医之余，便去侍弄那心爱的十几盆兰花，他的苦恼是，两代从医，收集医籍满架，现在，儿子却无一人来承父业，他说："书怎么办？"

医生姓吴，名迪祥，是我们的朋友，而我女儿则叫他吴爷爷。

分割的空间

灿若夏花

小顾上到二年级的时候，她的班主任调走了，我接下了这个班。小顾坐在第一排，我对她最深的印象是爱脸红，几乎一说话就要脸红，有的时候，一直红到脖子和耳根。但这并不说明她是一个羞涩的女孩子，恰恰相反，她的一张嘴是绝不饶人的，无论是谁，无论是什么问题，她总是要打个胜仗的。她的一双眼睛也很有特点，是一双聪明而有灵气的眼睛，也是一双很难容得下别人的眼睛，当她不屑与你对话的时候，就把眼睛闭一下，瞥过去。

小顾对我的认同经过了很漫长的过程，她几乎很少和我对话，而且每次对话总是冷冷的，或者就是提不起兴致。她不当干部，也很少参与班级的活动，有时还有一些冷嘲热讽。但我知道她是个聪明的孩子，她这种表面的不合作也许只是一种姿态而已，因为我发现她总是在暗暗地用功，学习成绩和基本功一样也不愿落在人后，我想这孩子迟早会有出息。

紫金文库

　　临近毕业的时候，学校组织毕业班的学生向自己的家乡作一个全方位的汇报，采取的是抽签的方式，许多优秀的学生都希望自己被抽到，因为看汇报表演的有各县教育局和重点小学的领导，这就使成绩优秀的学生有了一次展示自己的机会。小顾很幸运地被抽到了少儿舞蹈这个项目，她的脸一直红着，老是拿手帕擦额头上的汗，我至今还记得她伴着节奏翩翩起舞的样子。后来关于那次汇报的照片在橱窗里贴了很久，其中有一张就是小顾。结束之后，我把她带到教育局局长的跟前，向他介绍这是我们班最优秀的学生之一，局长说：我记住了你的名字。

　　学生离校的那一天早晨，我起得特别早，想去送一送他们。我到宿舍的时候，小顾已经走了，同学说她天还没亮就骑车走了，我问怎么不坐车，五六十里路呢。同学说，她都是骑车的，习惯了。许多同学都来跟我道别，一个个泪眼婆娑，我把他们送上车，心里还是有一些遗憾，想着应该再早一些来的。

　　暑假的一天，有人敲门。打开一看，竟是小顾，后面还跟着一个农村妇女。我赶紧把她们让进屋，小顾说：我分到乡中心小学了，双向选择的那一天，我还遇到陈局长了，他还记得我的名字，是他推荐我到中心校的，很多人想进都进不了呢，我妈妈说一定要来谢谢老师。我从心底里替她高兴，她的母亲不善言辞，只是从包里拿出一塑料口袋豆荚和六个苹果，说老师不要笑话，我们家没钱没势，多亏了老师。

　　后来，我听说小顾教学很出色，一下子就成了骨干，又听说她买了房子结了婚，并且开始孕育下一代了。让我没想到的是，小顾的幸福生活刚刚开通便戛然而止。当我听到她的噩耗的时候，简直不敢相信自己的耳朵。人生即多忘怀，你小顾在我记忆中依然是充满活力的小小的个子，微黑的皮肤，脸腮两坨胭脂色，灿若夏花。

194

分割的空间

做了一回媒

重新回到过去的岁月似乎是不可能的,然而有些东西却能让我们轻而易举地回到从前,比如今年市场上畅销的皇历,上面印满了哪天适宜干什么,哪天不适宜干什么,读着"诸事不宜"这样的字眼儿,很难不让人想起《小二黑结婚》中二诸葛叨念着"不宜栽种"的可笑面孔。这些与现在日新月异的高科技,与人们时髦的穿着和打扮、与越来越先进的家用电器形成了强烈的反差。没有也就罢了,一旦有了,自己真遇到了什么大事,似乎还是要去翻一翻,挑一个好日子的。比如结婚,选什么日子就特别重要。

除了好日子,似乎还有一样是必不可少的,那就是媒人。媒人提亲,自古有之,否则就名不正、言不顺,这是老话。然而从我们的父辈开始,有很长的一段时间,有没有媒人都是无所谓的,自由恋爱,婚事新办,省去了许多繁文缛节。过去了40年,明媒正娶又恢复了它原本的含义。我从来没有想到会有人请我做媒,我也根本不知道媒人究竟该做些什么，我所能想象出的媒人就是舞台上的形象，粗笨的身材，俗气的打扮和那张伶牙俐齿的嘴。

说是做媒，其实完全是名义上的，我的两位朋友都是大学毕业，而且是自由恋爱，花前月下一概不少，只是奉父母之命，结婚一律得按老规矩。日子是老人选定的，一切安排都是他们自己，我做什么？朋友说，你不用做什么，只管吃饭，连礼都不用送。她说得轻轻松松，我的心里真有点过意不去。

结婚的日子到了，我被请去吃饭。先在男方吃了喜酒，亲朋好友甚为客气，频频向我敬酒，感谢之类的话不绝于耳，我真是受之有愧。吃罢晚饭，新郎对我说，日子是明天，所以要累我等到午夜之后，再去接新娘。既然做了媒，自然得尽职，这点小麻烦不在话下。零点快到的时候，我们一行人坐上了接新娘的轿车。路上，司机小周向我说了许多各地的规矩，指点我到时该做些什么，小周接新娘的次数多了，他的话不能不信，我心里也有些发慌，新娘家的门总是关着，得媒人先去叫，要是真遇上不肯轻易开门的我怎么办？这时候我才觉得媒人也并不轻松。

轿车在路口停了下来，我捧着不知装了些什么的沉甸甸的礼盒向新娘家走去，一切都很顺利，开了门，也接了礼。主人让我坐下，我不知该坐哪里，怕没了规矩，不敢轻易就座，直到别人把椅子端到我面前。接下来是吃糕点，糕点撤了，是成桌的酒宴，零点的钟声早已敲过，我的胃也撑得不能再撑。大家笑我不会做媒，首先就没有媒人的肚子，媒人要吃十八桌呢。

后面的事我更是从来也没有见过的，新娘打扮好了之后一定要系上一根红裤带，揣上一本旧皇历，拜过祖先，盖上红头巾，戴上黑眼镜，然后，脚不着地，由人驮上车，手里捏着钱，脚下踩着花

分割的空间

生、枣子和米，……都是什么意思呢？都有意思，但我不便去问，我估计不外乎平安、吉祥、避邪、生财之意吧。这时候，有人轻轻地碰了我一下，是女方的一个亲戚："到那边烦你照应一下。""照应什么？"我茫然不知所措。"就是……就是……"她简直不知道和我这个一窍不通的"媒人"该说些什么。

车子开出了，我琢磨着"照应"的含义，担心别在我这儿出了什么岔。不过这种担心不一会儿便化为乌有。因为我很快就被他们每过一座桥都要停车、放鞭炮、扔硬币搞得晕了车，只想着能快点到，然后我就解放了。

做了一回媒，像个木偶一样，见识了许多规矩，这些规矩似乎又从遥远的地方回来了，是否还要把它传给我们的子孙呢？我对别人说，我从来没有做过媒，只做这一次。别人说，不行，要么不做，做了就得成双。这也是规矩。

离家十日

我到过的地方不多,离家的日子是屈指可数的。难得出去一回,也是匆匆地来,匆匆地走,总觉得家离了我,就如同失去了重心一般。这一次离家有十日,我不知道怎样打发这许多的日子。

住的宾馆有周到的服务,每日里服务小姐轻轻地敲门,轻轻地说:"对不起,送开水了。""可以开始打扫您的房间了么?"房间里永远是整洁的,每日更换各种生活用品,不管前一天的是否用过,都统统扔掉,你也就永远不会在宾馆里留下什么痕迹,第一天你躺过的床、用过的书桌、喝过的茶杯,到了第二天你再走进去的时候,你又会觉得是那样的陌生。点亮床头的灯,橘红色的光映在宽大的落地窗一帘上,可是总没有温馨的感觉,我想起了一个成语"宾至如归",不由得笑了,会有一个地方让你觉得就像到家一样吗?

家里的零乱自然是无法和宾馆相比的,桌上是随意堆放的杂

分割的空间

物、茶杯、剪刀、钥匙、朋友的信、新到的杂志、女儿看了一半的书、做完手工后剩下的花花绿绿的彩纸，还有淹没在这些杂物中的那一盆长得正旺的吊兰。这才是家。

地毯已经有好几天没有吸了，上面有些纸屑，电脑也有好些日子没有擦了，静电吸附的灰尘便愈发深了一层，床上的被子还没有叠好，地上也散落着各种物件，唯有一壁书整整齐齐地立在那里，它们亲切地站在我熟悉的地方，随意的一抽就是自己要寻的一本，从来不需要像找车钥匙那样把自己忙得团团转。

每每有朋友来，都要摇头说太乱太乱，甚至打趣说要来做计时工，负责把我的家收拾整齐。被朋友说得多了，或是连自己都过意不去的时候，就下狠心收拾一下太不像话的家。于是一齐动手，没有一个闲着，责任到人，分区包干，直干到日落西山、腰酸背痛。回头一望，真是大不一样了，这是我的家吗？习惯了杂乱无章的我们，在这一个整洁的环境里反倒显得畏手畏脚，不自然起来，从外面带来的脏脚印赶紧要用拖把擦去，东西要放在固定的地方，衣服要上架，被子也要叠整齐，地毯要天天吸，电脑要常常擦……太累了，几天下来，还是随他去，该怎样就怎样，自自然然，让它像我们的家吧。

离家在外，遥想远方的家，心中顿生一丝暖意。想它零乱的时候，想它洁净的时候，想它的每一角落，想那些想扔却总也舍不得扔的坛坛罐罐。

紫金文库

花　意

　　言语，或者为文，都讲究新奇，但这个道理也不可一概而论，有些话不知说了多少年了，要想另外找个更好的还颇为不易。比如，大师警告说，第一个把女人比做花的是天才，第二个就是蠢材了。然而，云想衣裳花想容，人们的感觉依然是，好女如花。

　　事后，我又一次发现我是个十分粗心的人。当她已经生病回家后，我才知道六班曾经有过这样一位女生。我问她的同学她长得什么样，学生们惊讶地反问我怎么竟记不得她的样子了呢，你第一次来给我们上课就是喊她回答问题的。我这才忆起似乎有这么回事。然而，除了矮矮的个儿，文文静静地立着的这些似是而非的印象外，实在想不起更具体的了。她的同学都讲她是个很不错的女孩子，家里也很不容易。后来，同学们不断去看她，带回来一个个让人黯然的消息，说她瘦了，瘦得脱了形，又说她拒绝治疗，要省下钱来，好留着家里盖房子，好让弟弟读书，而整日守在她的床前的

分割的空间

是最疼爱她的白发苍苍的祖母等等,等等。她对前去看她的老师和同学说的第一句话总是:"对不起,我的头发都没有了……"

我们大家都捐了款,但还是没能留住她。她走的那一天,老师和同学都去了,躺着的她和站着的我们被一道无形的生死之门隔开了。

没想到,今年又有一位女生离开了我们。我本来也不认识她。那天下午,她的同学簇拥着她向校门口走去,送她回家治疗,她的班主任指着一位个子高高的、头上别着黄色发卡的女孩子说就是她,就是她,很好的很懂事的人哩。说着眼睛就红了。她的身体早就不好了,但她想能自己悄悄地好起来,有时,晚上还偷偷地起床到操场上跑步。她天真地相信锻炼是万能的。直到有一天与同学一起沐浴,同学吃惊地叫道你的肚子怎么这么大,老师立刻带她到医院检查,已经是晚期了。她一直不相信、不承认这是事实,一边大把大把地吞药,一边笑着说,我怎么可能是那种病呢?怎么可能呢?

新学期开始的时候,有人带来了坏消息,她在临开学前三天再也没能起来,她等着开学,说老师和同学都约好了开学那天来接她一起去学校,然而她却一个人孤独地上路了。

好女如花。当人们这么说的时候,大多是想到了花的盛开,花的艳丽,想到女人的活力,女人的姣美,那么花的零落与花的凋谢呢?其实,这些都是花意呀!

看相片

春日迟迟，是看相片的好时候，就着暖融融的阳光，轻轻掸去相册上的积尘，然后，缓缓翻开，于是，时光便无声地流向了过去……

我十分喜爱作家刘心武当年在《收获》杂志上开设的专栏《私人照相簿》，应该说，摄影是一门艺术，不过，我所理解的艺术之于摄影却不是面向公众的，相片一旦失去个人的色彩和印记，便违反了它的本性，所以，我才十分欣赏刘心武的说法，欣赏他在照相簿之前的那个限定：私人。

人类与生俱来的恐慌便是缘于时间的永恒和不可逆转，恐惧生命的短暂和不可复得，所以，才有了长生术，才有了炼丹术，才有了"从来苦日短，何不秉烛游"……与之相照应，便是书写、图形等记录的手段，历史才因之而成为最古老而最具魅力的人文学科，因为人们从中可以找到自己的过去，生命似乎也有了承接而绵长久

分割的空间

远起来。

照相术的发明使人们较文字与图形绘貌更能准确地留住自己，留住自己富于包孕的时刻和生命环节，随着"咔嚓"一声，生命便定格了，永恒了，人们可以随意地从自己生命的有形档案里抽取自己所需的页码重新展读和回味，尤其在现在，在这个纷纷攘攘、整天为生计而奔波得忘了自己的年月，静下心来翻翻往日岁月的相片，会惊讶地发现自己、找回自己、重新省察自己，当下的生活退出了眼界，过去的时光充盈于目前。

相片是具体的，自当细细地去读它，别放过一丝痕迹，一个细节，连同那些隐隐约约无以名状的情态。那间屋子还在吗？若在，住的是何人；若不在，又砌上了什么？那树林还在吗？是什么树？枫杨，水杉，还是苦楝？不，都不是，看那三角形的阳光下的反光，那该是如风铃般摇曳的白杨。对了，别忘了时间，何年，何月？早晨，还是黄昏？那种衣服的款式是再也见不到了，当时的流行色，后来就压到了箱底，再后来……眼睛是眯着的，不仅是因为阳光吧，或许还有着萦回不已的心事？于是回忆漫散开去，思绪一下子变得遥远而无法拉回……

我很感激我的母亲，从一生下来，就为我每年的生日拍下一张相片，哪怕是再艰难的日子都没有间断，我在相片中慢慢长成，当我开始注意这些相片并由衷地爱上它们时，我已经是二十岁的人了，于是，那时的我迷上了拍照，恨不得每天都来一张。

在众多的照片中，我十分偏爱黑白的，那种经过特殊处理的咖啡色的也不错，在如今满眼的彩色照片中，黑白相片的含蓄、深沉，天然地有着一种沧桑感，看到它，就看到了过去，一种幽远的情愫便会袭上心头。

现在，我已拥有了盈盈十几册相片，读着它们，仿佛就在重温自己的人生之路，当然，这样的感觉丝毫不带有伤感，至少在我是如此，它是一种丰富，私人照相簿展示的总是每一个人的生活积存，它只为自己而证明，只因自己而具有意义。其实，一个人无须为自己而到外面去寻求证明，只需打开相册，看看相片，就可以了。

分割的空间

老师是一本书

如果不去回首，日子也就一天一天地过去了。只是某一天会因为一个偶然，便掀开了尘封的一角，记忆又复活了。

掘西小学（即现在的宾山小学）是我的母校，我还记得母亲牵着我的手第一次跨进校园的情景。推开那扇厚重的木门，是一个庭院，迎面就是老师的办公室，母亲对校长说："她在家已经学了一些东西了，能不能直接读二年级？"校长便拿来一些数学和语文题，叫我做，完了，他说："去二年级教室，找瞿美芳老师。"

我在那棵桂花树下等着，教室里走出一个眉清目秀的女老师，30多岁，她笑盈盈地看着我，问我母亲和我一些问题，问的什么我已经记不清了，只记得她极其甜美的声音，一下子就喜欢上了这个老师。她是我的第一个老师，她用像鸟的鸣啭一样的声音朗读课文，就连批评孩子的声音也是温软的，我甚至不能肯定她是否生过气、发过火，在我的记忆里她总是笑盈盈的，轻声细语的。

在掘西，教过我数学的老师有三个，一个是魏春岚老师、一个是冷清平老师，还有一个是钱玉如老师。

卫老师的数字写得漂亮，她写"2"时一笔下来到收尾时要一弯一提，很有精神的样子。她好像有比较重的鼻炎，所以说话的时候时常要清一清鼻子，因为那时我也有鼻炎，每到这时我就想把我的鼻炎药送给她，但一下课我就忘了。卫老师还是"小红花"的主要辅导老师，掘西的"小红花"在当时红极一时，因为如东是计划生育的典型，经常会有中央和省里的领导来视察，他们一来"小红花"就要去表演。不知道卫老师以前学没学过表演，我从来没有问过她，但我觉得她极有表演功底，一招一式都很有讲究，她曾教我唱过一段《龙江颂》里雪莲的唱段"让青春焕发出革命光芒"，节奏、板眼、架势，她示范得那么好，而我总是学得很糟糕，虽然最后勉强登台，但我知道只是凑个数而已。

冷老师最让我们女生羡慕的是她那长长的辫子，有时梳成一根，有时梳成两根，一直拖到腰下面。冷老师长得秀气端庄，我常常在上课的时候端详她，以至于忘了听课。虽然当时男女关系是一个比较敏感的话题，但同学们还是会对这样的漂亮老师有所议论，甚至悄悄地替老师配对儿，说到冷老师大家就会争得面红耳赤。直到有一天，大家发现冷老师坐在一个男老师的自行车上，男老师戴着眼镜，斯文和善，大家都感叹着："真配啊，真配啊。"

钱老师不仅是数学老师，还是副校长，他教我们数学总是一丝不苟的。我记忆最深的就是打算盘，钱老师在上面挂一把毛茸茸的算盘，一个珠子一个珠子地拨弄，清楚、明了，我们很快就学会了。之后，钱老师就要开始训练速度了，从1加到100，看谁先到5050，只等钱老师一声令下，教室里便噼哩拍啦地响成一片。后

分割的空间

来,"小红花"的演出任务越来越重,我们常常缺课,我记得我去找过钱老师,他对我说:"你一学期学一个月就足够了。"这句话也许钱老师早就忘了,但我印象很深,因为它让一个学生从此获得自信。

写到这里,我还要写一写我五年级的班主任王如珍老师。她是一个外表严厉的老师,个子高大,腰杆挺直,一双眼睛犀利得好像能看穿你的内心,当她把目光扫向你,你就会不由自主地低下头来。可能是因为我们班原来比较乱,学校把王老师派来管一管,果然很快就见效了,只要有人在教室外面喊一声:"王老师来了!"刚才还像开了锅的教室会立刻安静下来,因此后来我们的班风班纪总是在全校名列前茅。如此严厉的老师你当然想象不出她内心竟然有那么多的慈爱,如果是平时在路上遇到,或是上语文课的时候她是极其温和的,而且与其他老师不同的地方是,她上课喊同学回答问题的时候总是不带姓,"晓春""婷婷""晓华"……让你觉得亲切得如同母亲在呼唤自己的孩子。很多年以后我带着女儿回老家,非常偶然地在商场里遇到了王老师,她还是那样的高大挺拔,满脸慈祥,我知道她的生活经历了太多的不幸,但我在她的脸上找不出苦痛,她一如既往。

记忆中的老师真是太多太多了,不论寒暑每天都要练手风琴的徐黎明老师,一个晚上就能写出一个剧本的张乃文老师,指导我打乒乓球的缪泉老师,教导我要以少先队大队长的标准严格要求自己的周劲老师……每个老师都是一本书,让你读一辈子,他们或亲切,或美丽,或认真,或坚定,以不同的个性、不同的人生方式影响着他们的学生。师道传承,一代一代人都成长在老师的光照之下。

在母校庆典的时刻,想起当年的老师,我的心中充满了温暖。

躲避灾难

很多事情就是这样，说来就来了，没有任何先兆。

前些日子，我摔了一跤，而且额上还留下了一条永久的印记。许多朋友安慰我说，这是个小灾，或许它还免去了更大的灾难。我情愿相信他们的话，但让我耿耿于怀的是，当时我是有很多可能躲过这个跟头的。

那天下午我本想去做一做美容，因为时间有点不凑巧，就想明天再去吧；后来我去了菜场，买完菜走到菜场门口，又折回二楼去买了一块豆腐；骑车到了楼下，按以往的习惯就直接上楼了，转念一想还是把车停到车棚里去吧；到了车棚停好车天气已暗，关门的时候，恰好楼上不知什么地方在哗哗哗地往下喷水——这幢楼老是有人往下扔垃圾泼脏水，我本来是想从楼的左侧绕过去的，可就在这一秒钟之内我又改变了主意，选择了从右侧走，就是这是最后一个念头，让我吃了苦头。我双手拎着菜，边躲水边跑，然后就突

分割的空间

然觉得自己飞出去了，首先是头重重地砸在地上，然后就是血流满面，滴在身上和地上。

罪魁祸首是三个并排的窨井盖，那是一种老式的用水泥做成的窨井盖，每个盖子的正中有一个铁环，便于维修时打开。我从医院缝完七针后的第二天，满脸青肿地来到事发地点，我才明白，我是绊在第一个铁环磕到第三铁环上去了。当然这是最后的结果。这个最后结果的到来是有前面的层层铺垫的，就像写文章一样。假如我那天不管多晚都去做一下美容，假如我不去买那块豆腐，假如我不把车停到车棚里，假如我从楼房的左边绕过去，那么这个最后的结果就不存在了。但是这些假设是不存在，结果必然到来。

这让我想起中国的一句老话："是福不是祸，是祸躲不过。"灾难其实真是无法躲避的，我在摔伤之后的一个多星期里，时常要往医院跑，有两次还是半夜里去挂的急诊，这样频繁地与医院的近距离接触，让我一次又一次地感受到我们无时无刻不是在危险的包围之中。我曾经看到一个全身名牌的中年男人蜷缩在担架上，他面色惨白，双眼紧闭，豆大的汗珠不停地滚落下来；还看到两个满身是血的工友把自己的同伴抬进来，哆嗦得连医生的问话都答不上来，那个被砸断双腿、全身多处骨折的并且不是知否能保全性命的男人才二十七岁；还在夜深人静的时候突然听到一声凄厉的哭声，那是一个头发花白的妇人发出来的，她怀抱着刚满八个月的婴儿，而孩子的母亲已被医生确诊为脑死亡……每天我们的身边都在发生着这样或那样不幸的事件，似乎文明的程度越高，安全的系数就越小，飞机的每一次升空，汽车的每一次启动，高楼的每一层垒砌，乃至我们聚会，我们郊游，我们居家……危险都无处不在，我们悬着的心何时才能放下？

当我在为无法躲避灾难而感到万分沮丧的时候，我想到了我的祖母，她一百零一岁时无疾而终，在她一个世纪的生命里，她真是一个幸运儿，从1895到1995，中国经历过多少灾难，她从清朝走来，穿过民国，走进新社会，她见过满清的没落，见过革命党人被屠杀，见过日本人的烧杀抢掠，她都安然无恙，直至寿终正寝。祖母完满的生命给我们一种启示，我们也不必过于焦虑，不必过于担心灾难的降临，我们说无法躲避灾难，其实从另一个角度想我们又无时无刻不在躲过一个又一个的灾难。

平平安安，让我们伸手可触。

分割的空间

无知的快乐

今年春晚刘谦的表演让许多人对魔术着了迷，那两根交叉的皮筋，在众人的眼皮子底下相互分离，那个硬币竟穿过两层杯底蹦进了杯子，主持人手上戒指藏到了鸡蛋里，魔术让我们惊讶、好奇、兴奋和快乐。一时间人人都想知道魔术的背后究竟是什么，于是我们在电视上看到真实的体验者，一个个并不是魔术师的普通人，在魔术道具店里很快学会了刘谦神秘的表演，而我们的快乐也随着一个个魔术的揭秘而烟消云散，至于那个在网络上被反复播放的主持人的穿帮的视频更是让我们索然寡味。所以，到了正月十五的元宵晚会上，当魔术师再次出现时，我们已经全然没有了十五天前的兴奋，当主持人再三申辩"我不是托儿"时，人们的表情显得平静而淡然。

我想问的是，我们的快乐哪儿去了？

这个疑问让我想起了英国散文家罗伯特·林德的一篇文章《无

知的乐趣》。林德说，一个人活在世上，也许并不需要事事明了，留下一些空间给自由的想象可能更为重要。一个人可能一辈子也不知道山毛榉和榆树之间有什么区别，不知道乌鸦和画眉的啼鸣有什么不同，弄不清苍头雀是否会唱歌，说不出布谷鸟是什么颜色，但这种"无知"并不是完全是可悲的，从这种无知中我们可以得到发现的乐趣。"每年春天，大自然的每一个事实就会来到我们面前；而每个事实的上面还带着露水。如果我们活了半辈子还从来没有见过布谷鸟，而且只知道它是一个流浪者的声音，那么当我们看到它因为深知自己的罪过而从一座树林匆匆忙忙地飞逃到另一座树林时，我们是特别地高兴的；我们对布谷鸟在敢于降落到枞树山坡上（那里可能有复仇者潜伏着）之前，像鹰那样在风中停住，长长的尾巴颤抖的样子，也特别地高兴。"这是平常人眼中的发现，这种发现属于自己，它所带来的快乐也只有自己知道。

因为"无知"而快乐，林德的话不无道理。我们置身于自然之中，看到花开花落、日沉月升，感受着季候变化、草木枯荣，在对自然的亲近与热爱中，我们体悟到的是内心的愉悦和自我的交融，我们看到的是自己眼中的自然，而它真相也许被掩盖了，但那又有什么关系呢？林德说，一位聪明的太太问新月是否总是在相同的时间出现，但她马上又补充说最好是不知道，因为如果人们事先不知道什么时候、在天上的哪个地方能够看见新月，那么它的出现总会给人带来意外的愉快。林德的文字又让我想到，为什么孩子有比大人拥有更多的快乐，或许就是缘于他们的无知和天真，他们总是好奇，问许多让大人感到"幼稚"的问题。就以月亮为例，他们也许会把月亮想象成一块饼干，月缺是因为它被谁吃掉了一口；也许会把它想象成一个扁扁的盘子，月缺是因为盘子被打坏了……可是等

分割的空间

他们长大了,从书上知道了月亮只是宇宙中的一个星球,它的圆缺盈亏都是由地球与太阳所处的位置决定的,这时我想,他们对月亮的无数种想象也就消失了,他们在获得的同时丢失了许多乐趣和想象,当他们不再幼稚时,他们的快乐也在不经意间溜走了。

人类的文明已经有了几千年的历史,今天的我们从一出生开始就在先人的光照之下,我们是文明的享用者,但同时也就失去了许多对无知的快乐的享受。我们现在已无法想象祖先们是怎样面对这个充满变化的未知世界的,但我们知道那是一个美丽的镜像,先人们在天象缓慢而微小的变化中,睁大微微前凸的眼睛,专注地凝望着它们,看星星怎样在黎明的晨光里隐去,看太阳怎样从极目的东方升起,他们手搭凉棚,看这个火一样燃烧着的圆球滚过天空,生生不息。他们惊惧吗?他们疑惑吗?他们战栗吗?当他们把自己对神秘自然的想象刻在龟甲兽骨上的时候,他们快乐吗?一定的。

如果要问你,快乐是什么?答案一定是非常个人的,它是某个个体的在某一刻的心理感受。快乐可以是母亲嘴角的笑痕,可以是鸟儿飞过树梢的哨音,可以一回自由自在的远足,可以是一次历经艰难后的成功,可以是冬日的阳光,可以是秋夜的私语……

如果要问我,快乐是什么?我更愿意回到童年,回到懵懂,去体验无知的快乐。

紫金文库

茶　经

原先我是个不喝茶的人，实在渴了就大口大口地灌白开水。有一回去宜兴开会，买回了一只紫砂茶壶，从那以后，几乎每天都是要冲上一壶茶的。紫砂壶很便宜，所以一定不是什么佳品，但卖壶的老人告诉我，有人说紫砂壶有什么真假，那是大大的外行话，紫砂壶都是真的，但工艺却大不一样，所以只有高下优劣之分，而无真假之分。这话给了我很大的安慰，这只壶虽不名贵，却是地道的紫砂。天天喝茶，也就注意起茶来，原先不喝茶的时候，好像觉得茶叶都是一个味儿的，现在才明白，好茶劣茶，新茶陈茶是大不一样的。水也很有关系，自来水冲出来的茶，无论它是怎样的茶叶，都让它搅得一团糟，再也品不出好味儿来，需得自然之水才行，在我们这里，最上好的水怕也只有天上的雨水了。

年轻人是很少喝茶，他们没有工夫、更没有心思坐在那里细细地品味茶的香醇，他们需要的是急走、跳跃、生龙活虎、大汗淋漓

分割的空间

之后，端起大瓷缸一股脑儿地灌下去，直喝得脖子上青筋直暴。茶更多地属于中年和老年，他们无论是在家里还是在办公室里，都要首先沏上一杯茶，然后再干他的事情。如果是在茶社，那就更是品茶、谈天的好去处了。

我小的时候跟着父母到上海老城隍庙去玩，穿过九曲回桥，进了茶社，里面尽是些老人，我看着他们其乐融融的样子，心里百思不得其解，整小时、整小时地泡在这里，乐趣在哪里呢？二十岁那年去了杭州，听说虎跑是有名的饮茶去处，便慕名而至，买了一份茶水，也想学长者的样子仔细品味一番，然而一杯下肚，除了解渴，什么感觉也没有。回头去看那些茶客，一口一口地呷，一杯一杯地饮，仿佛品尽了人间的滋味，那份平和与舒心，真是令人羡慕不已。

现在我也爱喝茶了，拿出紫砂壶，放进茶叶，冲上水，那透明的水就不再透明，淡淡的清香也就从壶口散出，独坐于桌前，抿一口，读几页书，写几行字，从中悟出的不仅是茶中的天地，更是人生之况味。静静于家中，遥想热闹的茶社，爱喝茶的人凑在一道，谈天说地，道古论今，那种乐趣绝非旁观者所能理解，更不是年轻人乃至孩童所能得到的。

爱喝茶好像就是一种标志，心境从此不再年轻而浮躁，而是成熟与安闲了。

怀 旧

真正的乡村游戏正在消亡和变形，想起来这是很让人遗憾的。那时的乡村虽然落后、贫穷，但喝着稀粥、穿着补丁驮补丁的衣服，将独轮木车艰难地推在泥泞小道上的乡村人仍然有他们一年到头都玩不够的游戏，有许多是再也见不到了。比如踩高跷，以前在我们这一带其实是很流行的。每个村都有一两个踩高跷的好手，他们会踩在几尺高的木跷上行走如飞、俯仰自如，还会出其不意地在看得入了神的姑娘们的头上摸一把。再有，砸钱墩、滚铜钞，这种游戏带有点赌博的意思，但赌的不是"现钱"，而是"铜钱"。砸钱墩就是参加游戏的人将自己的铜钱叠放在一块砖头上，然后在商定的距离外划出一条线，用自己特制的铜钱投向"钱墩"，砸下的铜钱便归自己所有。那时的铜钱是多得烂了去了，家里的随便一个角落都会发现一大把，挑猪草时从田里也能拾到许多上了铜绿的小钱，那时哪家的铜盆、铜炉、铲、汤勺坏了，拿出去

分割的空间

修,游走的铜匠看了裂痕后第一句话便是:"拿两个铜钞来——"我们便围上前去看小小的泥炉在小风箱的呼啦中通红起来,而那圆圆的铜钞在炉火中慢慢变红变软,铜炉上便多出了一个紫红色的疤……谁会料到这些东西在今天会变得那么值钱了呢?那时最烂的"铜钱"还最贵,我有一次在古玩店随意翻阅一本《古钱目录》,居然也上了万的!我们那时的乡村少年竟然就那么随随便便地将这上百上千上万的东西砸来砸去,玩腻了,随手送给同伴的都是麻绳串着的一大串。

"炸麻蒜"也看不到了,长大后,我疑心这种游戏可能来源于远古的烧荒农事或另一种更为神秘的祈祷。这种游戏是在春节过后的正月十五左右,夜幕降临之后,男女老少就擎着火把来到野地里,星星点点的火把从四面八方飘来,渐渐地越来越多,夜色便被逼到远处,人们的情绪也随着高涨起来,唱呀、喊呀、闹呀,将手里的火把舞成了流星,舞成了理不清的火线团。有时,小伙子们将隔年的"蚕龙"拖出来,一把火点着,蚕龙是用上好的小麦秸扎成的,一般总有几丈长短,点燃之后,那火便窜将开去,伴随着麦秸噼噼啪啪的爆裂声,如烟火样的无数火星便飞溅开来。胆大的小伙子勇敢地走上前去抖动起"火龙",那"火龙"便如活了一般,四处游动,上下翻飞,愈发地喷烟吐火,而姑娘们则立即夸张地惊叫起来,如兔子样娇嗔着、躲闪着,这当然更刺激了抖火龙的年轻人,更加狂放地舞起来,并且大胆地唱道:"正月里,炸麻蒜,拾到新娘子的……"乡村的歌谣是粗野的、质朴的,那是怎样的裸露的张扬的情绪的世界啊。

这样的场面是看不到了,现在我居住的小城倒是年年有风筝节、风筝会的,连外国人也来了,花样真是过去的乡村少年无论如何也不能想象的,竟然那么精致,那么色彩斑斓。然而,我总觉得没有乡村扎放板鹞那么过瘾,现在什么都成了"文化"了。